東欧の想像力
6

DVĚ LEGENDY

二つの伝説

ヨゼフ・シュクヴォレツキー　著　Josef Škvorecký
石川達夫・平野清美　訳　Tatsuo Ishikawa/Kiyomi Hirano

松籟社

Dvě legendy

by

Josef Škvorecký

"The Legend of Emoke" was originally published in Czech under the title "Legenda Emöke". "The Bass Saxophone" was originally published in Czech under the title "Bassaxofon".

Translated from the Czech by Tatsuo Ishikawa and Kiyomi Hirano.

目次

レッド・ミュージック

平野清美　訳

「しかしジャズなんて退廃したブルジョアの音楽です」。ソ連の出版物でこう頭に刷り込まれているロシア人たちは言った。

「これは僕の音楽なんです」。私は返した。「世界革命のためだって手放しやしませんよ」

ラングストン・ヒューズ

人生の何もかもが新鮮であった日々——私たちは十六とか十七だったから——、私はテナーサックスを吹いていた。腕のほうはからきしだった。バンドの名はレッド・ミュージックといったが、この名前は失敗だった。というのもこの命名には政治的な意図などまったくなかったからだ。プラハにブルー・ミュージックと名乗るバンドがあったのだが、ベーメン・メーレン保護領[*1]に暮らしていた私たちは、ジャズでブルーといえば色のことではないとは思いもよらなかった。それでレッドとしたわけだ。もっとも名前に政治的な含みはなかったにせよ、甘くワイルドな私たちの音楽にはその含みがあった。ヒトラーからブレジネフまで、わが故国を次々に支配してきたすべての権力亡者たちにとって、ジャズは常に鋭いトゲであったのだ。

どんな政治的含みなのか？　左派？　右派？　人種差別主義？　階級差別主義？　愛国主義？　イデオロギー主義者やペテン師の辞書には、これを表すことばはない。当初、私たちの世代がこの音楽の啓示を受けていたころ、つまり第二次世界大戦を少しさかのぼる時代のジャズには、いささかの抗議も込められていなかった（T・G・マサリク[*2]のリベラルな共和国は、いかなる欠点があったにして

＊1　一九三九年、チェコスロヴァキア共和国の消滅ののち、ボヘミア・モラヴィア地方はドイツの保護領とされ、一九四五年のドイツの敗戦まで、同国の支配下におかれた。
＊2　チェコスロヴァキア共和国の初代大統領。一八五〇〜一九三七。

も、文化的寛容にかけては本物の天国だった)。つまり、リロイ・ジョーンズ[*1]がどんなごたくを並べようと、この音楽の神髄、「この音楽作法」はイコール抗議ではない。ジャズの本質はもっといたって根源的なもの——それは生の躍進《エラン・ヴィタール》、つまりあらゆる真の芸術と同じような、息をのむほど爆発的な創造エネルギーであり、そしてそれは、おそらく究極に悲しいブルースにさえ感じとれるものなのだ。その効果はカタルシスなのである。

しかし、個人や共同体の暮らしが、奴隷商人、皇帝《ツァーリ》、総統《フューラー》、書記長、元帥、大将、総司令官《ジェネラリッシモ》、両極端の思想の独裁政権の観念論者といった、自身は誰にも手綱を締められることのない権力者に統制されるとなれば、創造エネルギーは文字通り抗議と化する。労働者傷害保険局の結核持ちの役人(彼は伝えられるところによれば、保険局の顧客たちの窮状に心を痛めていたという)はたちまち変身して、警戒の厳しい社会主義にとって脅威となる。なぜか。それは、彼の『城』、彼の『審判』、彼の『アメリカ』の構想が、非リアリズム文学という体裁ながら、あまりにわずかな紙に、あまりに多くの実生活《リアルライフ》から成り立っているからだ。いや、まさにそういうことなのだ。それ以外に、ジョー・マッカーシー上院議員の指図で米国の海外情報図書館から排除された書籍のリストが、七〇年代初めにプラハで共産党によって出された禁書目録とほとんど同じであったという歴史的事実をどうやって説明できるだろう。全体主義の観念論者は、全体的に統制できないため、(他の人々の)実生活を快く思わないのだ。だから生への渇望の産物である芸術も忌み嫌うのである。やはり統制し切れないからだ。統制して法で縛りつけたところで、芸術は息絶えてしまう。それでいて生ある限りは——もしくは地下出版《サミズダート》などに隠れ家を見つければ――いやおうなしに抗議となる。ジャズのように大衆的なマス芸術はマス抗議となる。だからこそあらゆる独裁政権のイデオロギーのピストル、ときには警官のピストルまでが管楽器を持つ男に狙いをさだめるのだ。

レッド・ミュージックが（下手っぴいだが十六歳の情熱を傾けて）活動していたのは、アーリア人のなかで最もアーリア的なアーリア人とその文化面の右腕、ゲッベルス博士が牛耳っていた時代だった。次のことばを宣言したのもゲッベルスだ。「これから、いわゆるジャズ音楽をドイツのラジオ放送で放送すべきかどうかという問題について率直に言い渡す。もしジャズというものが、リズムをベースにしてメロディーを頭から無視するか、あるいはメロディーへの軽蔑すら隠さない音楽、そして魂を侮辱する、楽器がうめくような醜い音でおもにリズムを刻む音楽を意味するならば、我々は断固否定的にのみこの問題に答えられるだろう［「週刊ラジオ」、プラハ、一九四二年三月七日）］。これこそ私たちがワウワウやらハットやら、ときには自己流のものまで、あらゆるミュート奏法を繰り出して、うめき、嘆き、声をからし、わめきたてた理由のひとつだった。だがこの当時でさえ抗議は二の次の理由だった。なんといっても私たちは、ジャズという名のこの音楽を、実際にはニューオーリンズにシカゴを掛け合わせた半分白い申し子であるスウィングを、愛していたのだ。このスウィングに乗

＊1　米国の詩人、音楽評論家。一九三四〜。

り、当時は楽器をひかない人も、山間の村で保安警察《シュッツポリツァイ》の目から隠れて踊っていた。スターリングラードの戦い[*1]の戦没者のために喪に服していた第三帝国では、ダンスすら禁じられていたのだ。

私たちが受けた啓示とは、青春時代にのみ味わえるものだった。その時期を過ぎると、あまりにたくさんの印象を受けてきた私たちの心は、分厚い皮に覆われてしまうのだ。いまも私の心のなかでは、手回し式蓄音器の上で回転している傷だらけの古いブランズウィック盤、「アイヴ・ガッタ・ガイ――チック・ウェッブ・アンド・ヒズ・オーケストラ・ウィズ・ヴォーカル・コーラス」とラベルにかろうじて読めるレコードのサックスがはっきりと鳴っている。ワイルドに甘く舞うようにスウィングするサクソフォン、私たちをとりこにした知られざる歌手の知られざるけだるい声――それが当時十七歳の偉大なエラ・フィッツジェラルドの声だとは知るはずもなかったのだけれども。それでも彼女の声のメッセージ、サクソフォンの音色、ふたつのヴォーカル・コーラスのあいだに嘆き、すすり泣く短いサクソフォンのソロ、これらはことごとく私たちの心を揺さぶった。以来、何をもってしても、私たちの心のなかの音楽を黙らせることはできなかった。

そしてヒトラーとゲッベルスをよそに、ユダヤ・ニグロイド音楽（ナチスがジャズにつけた蔑称だった）の甘い毒は命脈を保ちつづけ、それどころか、勝利したのだった――しかも束の間ながら、地獄の本丸、テレジーン・ゲットー[*2]でさえ。ザ・ゲットー・スウィンガーズ……。アマチュア写真家が彼らを撮った写真がある。ナチズムのポチョムキン村を訪れたスウェーデン赤十字視察団のために、彼らに演奏許可が出された一週間という短いあいだに、ナチスが建設したゲットーの壁の内側で撮られたものだ。写真には全員が、たったひとりを除いていずれも死刑判決を下された面々が、白シャツに黒のネクタイの姿で写っている。そしてトロンボーンのスライドが天に向かって斜めにそびえ、リズム、音楽の悦び、あるいはやるせない現実逃避のかけらをかみしめるふり、もしくはひょっとするとまぎれもなくかみしめている［ザ・ゲットー・スウィンガーズのうち、テレジーン収容所を生き延びたのは、エリク・ヴォーゲルただ一人であった］。

悪名高きブーヘンヴァルト[*3]にさえ、おもにチェコ人とフランス人の囚人からなるスウィングバンドが存在した。当時という時代は残酷であったばかりでなく不条理な時代でもあったので、有刺鉄線の向こう側で演奏されているまさにその音楽のせいで、人々は向こう側に送られたのだ。ヴィーナー・ノイシュタット[*4]近くの強制収容所には、〈タイガー・ラグ〉でアームストロングのスキャット・コーラスを歌い、ナチスの裁判官に「音楽文化を侮辱した［L・ドルーシュカ、I・ポレドニャーク、「チェコスロヴァキアのジャズ」、プラハ、一九六七］」と断罪された、ギタリストのグスタフ・ヴィへレク[*5]が収容されていた。またドイツ各地でも、スウィング奏者が似たような憂き目にあっていた。さらにはある地

*1　第二次大戦における独ソ戦の転換点となった戦い。ソ連軍の徹底抗戦に遭い、ドイツ軍が敗れる。
*2　テレジーンはチェコ北部の町。ナチスの強制収容所があった。
*3　ドイツ国内のナチス強制収容所。
*4　ウィーンの南方に位置する町。
*5　チェコのジャズミュージシャン。

方の大管区指導者が、自分の権力がおよぶすべてのダンス・オーケストラを縛りつける異例の（本当に異例なんてことがありうるのだろうか？　私たちのこの世界で？）規制を発布した。私は週刊誌「フィルム・クーリエ」に載ったこの規制を歯ぎしりしながら読み、十五年後、これをかみくだいて――心に焼き付いていたから忠実に再現できたことは間違いない――「私はひとことも取り消さない」という次のような短文にまとめあげた。

一．フォックストロットのリズム（いわゆるスウィング）の曲は、軽オーケストラおよびダンスバンドのレパートリーの二〇パーセントを超えてはならない。

二．このいわゆるジャズというジャンルのレパートリーでは、曲調は長調を優先し、歌詞はユダヤ的な陰気な歌詞ではなく人生の喜び（喜びを通じて力を《クラフト・デュルヒ・フロイデ》）[*1]を表現するものを優先すること。

三．テンポに関しては、遅い（いわゆるブルース）曲よりもきびきびとした曲を優先すること。ただしそのテンポは、アーリア的センスの規律と節度に沿った一定レベルのアレグロを超えてはならない。いかなる状況であれ、ニグロイド的な度を越したテンポ（いわゆるホットジャズ）やソロ演奏（いわゆるブレイク）は許容されない。

四．いわゆるジャズの曲で使用できるシンコペーションは一〇パーセントまでとする。それ以外は、ドイツ民族にそぐわない、野蛮な人種の暗い本能を助長する音楽に特徴的な、ヒステリックな反復リズム（いわゆるリフ）のない、自然なレガートで構成されなければならない。

五．ドイツ精神に無縁の楽器（いわゆるカウベル、フレクサトーン、ブラシなど）の使用、さらに金管楽器の気品のあるトーンをユダヤ・フリーメーソンの嘆き声に歪曲する一切のミュート（いわゆるワウワウ、ハットなど）の使用を厳重に禁止する。

六．また、四分の四拍子の曲における半小節以上のいわゆるドラムソロ（ドラムブレイク）を禁止する（様式化された軍隊マーチを除く）。

七．いわゆるジャズ曲におけるコントラバスは、弓による演奏のみを許可し、楽器にダメージを与え、アーリア人の音楽的センスにも悪影響をもたらす爪弾きを禁止する。曲の性質上、やむを得ずいわゆるピチカートで演奏する場合は、弦が指板をはじくのは禁止事項であるので、そうならないように細心の注意を払わなければならない。

八．挑発するように立ち上がってソロ演奏することを禁止する。

九．同様に、演奏者によるアドリブ（いわゆるスキャット）を禁止する。

一〇．すべての軽オーケストラおよびダンスバンドに対し、あらゆるキイのサクソフォンの使用をひかえ、チェロやヴィオラ、あるいは適切な民族楽器に変更することを推奨する。

＊1　娯楽活動の普及を通じてナチスへの忠誠心を高めようとした、歓喜力行団《クラフト・デュルヒ・フロイデ》（ドイツ語の意：喜びを通じて力を）という党組織があった。

この下品な十戒が、「チェコスロヴァキアジャズ年鑑」の創刊号（一九五八年）の私の文中［「私はひとことも取り消さない」は最終的に、一九六六年、短編集『七本腕の燭台』の一編、「アイネ・クライネ・ジャズムジーク」として出版された。「アイネ・クライネ・ジャズムジーク」にまつわる陰謀については、拙書『All the Bright Young Men and Women（すべての聡明な若き男女たち）』Peter Martin Associates, Toronto, 1971. に詳しい］に掲載されると、この年鑑は、まったく別口の独裁政権の検閲により、刊行部数まるごと差し押さえられた。印刷所の工員たちの手で救い出されたのはわずかに数部で、そのうち一部が当時映画アカデミーの若き卒業生として、デビュー作の題材を探していたミロス・フォアマン*1の手にわたった。私たちは、数年にわたる検閲との手紙のやりとりと揉めあいのすえ、ようやく正式に脚本の許可を取り付けたが、その後、その脚本は当時の国の最高権力者、アントニーン・ノヴォトニー大統領じきじきによって禁止されてしまった。こうして私たちの映画は撮影にも入らずに立ち消えとなった。なぜか？　なぜならかつての大管区指導者の法令が、今度はプロレタリアートが勝利した土地でよみがえったからだ。

ともあれ、鉤十字の時代に話をもどすと、甘い毒はブーヘンヴァルトのスウィングバンドの孤立したドイツ人だけでなく、投獄された一握りの純アーリア人のスウィングマンだけでなく、支配人種から見てはるかに信頼の厚い層にも達していた。ジャック・バルターマン*2の〈リザ・ライクス・ノーバディ〉の編曲をしのばせてオランダから到着した矢先だった彼ら、ナチの青灰色の制服を着た彼らをなんとあざやかに思い出せることだろう。そして彼らは翌日、そのコピーと引き換えに私たちが託した〈ディープ・パープル〉の編曲を懐に、カンザス・リフを強調した、またタイプの違うサクソフォンがスウィングしているアテネに向けて旅立ったのだ。古めかしいポート・アーサー・クラブのうす暗い片隅に腰かけ、ミロスラフ・ザホヴァルのビッグバンドの音に熱心に耳を傾けていたあのドイツ兵たちの姿がいまだにまぶたに焼き付いている。ザホヴァルは、私の出身地ナーホト[*3]のもうひとつのバンドで、はるかに腕のいい連中だった。私もザホヴァルのスウィング・メンバーになりたいと夢見たが、叶わなかった。悲しいかな、力不足と判定され、みじめなレッド・ミュージックで演奏するよう言い渡されたのだった。

私たちはなんと世間知らずだったのだろう。なんと愛とあこがれで胸がいっぱいだったのだろう。ゲッベルス博士が、第三帝国の領内で、アメリカの資本主義者が創り出した嘆きのユダヤ・ニグロイド音楽を演奏することを禁止する、と定めると、私たちはすぐさま伝説の曲のタイトルをインチキなものに書き換え、結局は第三帝国でも聴けるように手を打った。私たちが演奏した早いフォックストロット――あの度を越したテンポの曲――は、〈いきりたった雄牛〉といったが、これは耳で聞いた分には〈タイガー・ラグ〉とまったく変わらなかった。さらに、スローな〈晩の歌《アーバント・リート》〉という曲

＊1　チェコ出身の映画監督。代表作に「アマデウス」「カッコーの巣の上で」など。
＊2　オランダ生まれのミュージシャン、作曲家。一九〇九～一九七七。
＊3　チェコ北東部の町。

を演奏したが、さいわい、ナチの検閲官は「ホェン・ザ・ディープ・パープル・フォールズ・オーヴァー・スリーピイ・ガーデンウォールズ……」[*1]と歌う黒人の声を聞いたことがなかった。そして一九四三年のとある霧がかった日のこと、私たちの図々しさの極み、〈ジェシェトヴァー・ルホタ[*2]の歌〉が、その実態は〈セントルイス・ブルース〉である曲が、東ボヘミアに響きわたった。W・C・ハンディのこの名曲を、地元の女の子が私たちの新しい曲名にふさわしいチェコ語の歌詞で歌いあげたのだ。ジェシェトヴァー……ルホタはふるさと……わたしはふるさとへ向かう……わがアーリア人のもとへ……。要するに、私たちは運がよかった。地元のナチスはチャップリンの「独裁者」など見る機会もなかったし、突撃隊が「アーリ、アーリ、アーリ、アーリ、アーリア人」[*3]について歌うのも、聞いたことはなかった。私たちだってこんな歌は知らなかった。〈ジェシェトヴァー・ルホタの歌〉は、単にナチズムに対する自然なリアクションだったのだ。

この曲は、私たちの大半の歌と同様、表向きは某イジー・パトチカ氏の作曲ということになっていたが、いくら当時の人気作曲家のリストを当たってみたところでこの人物は見つかるまい。彼もまた、私たちの想像の産物だったからだ。この神話上の紳士の膨大なレパートリーには、〈カサ・ロマ・ストンプ〉とどこが違うのか分からない曲も含まれていたが、私たちの無知さかげんと言ったら、はるかかなたのトロントにこの名を冠した城があるとは、夢にも思わなかったほどだった。カサ・ロマはアメリカのバンドリーダーで、あの偉大な人たちのひとりだろうと考えていた。ジミー・ランスフォード、チック・ウェッブ、アンディ・カーク、エリントン公爵《デューク》（デューク・エリントンはあるチェコ人の翻訳家によって貴族に列せられたことがあった。ルイス[＊4]の小説で彼の名前にぶつかった翻訳家は、彼をコットンクラブのバンドリーダーとして糊口をしのいでいる英国の没落貴族に違いないと勘違いしたのだ）、カウント・ベイシー、ルイ・アームストロング、トミー・ドージー、ベニー・グッドマン、グレン・ミラー……その他いくら名前があがったって私たちが知らない名などなかっただろう。それでいて私たちは、ろくに何も分かってはいなかった。〈ストラッティン・ウィズ・サム・バーベキュー〉というタイトルの意味すらはかりかねて、何時間悶々と悩んだことか……。ポケット辞書の〈バーベキュー〉の定義はさっぱりヒントにならなかった。いったいぜんたいどう解釈すればいいのか？　串刺しにした動物の丸焼きとともに《ウィズ・サム・バーベキュー》、もったいぶって歩く《ストラッティン》？　つくづく私たちは無知だった。だが音楽は理解していた。たいがいこうした音楽は、ラジオ・ストックホルムの電波から入手できたからだ。ここは唯一ジャズを流しても、ナチスに妨害されない局だったのだ。四本のサックスと一本のトランペットとリズムセクションから構成されるスウェーデンスタイルは、ビッグバンドのスウィング以外で、私たちが理解したおそらく初めてのれっきとしたジャズスタイルだった。そ

＊1　女性ヴォーカリスト、ビー・ウェイン（一九一七〜）が歌って大ヒットした〈ディープ・パープル〉の歌詞。
＊2　チェコ北東部の町。辺境の田舎町を指す代名詞的な名。
＊3　映画「独裁者」中で「突撃隊」が行進時に詠唱した文句。
＊4　シンクレア・ルイス。米国人初のノーベル文学賞作家。一八八五〜一九五一。

して不思議なことに、やはりスウェーデン発の映画で、「パンドゥール・トレンク」[*1]や「オーム・クリューガー」のような並みいるナチスのプロパガンダ作品にまぎれ、アーリア文化の純粋性を監視する学校監視員の目をくぐりぬけた作品があった。字幕のタイトルは「学校じゅうが踊る」となっていたが、スウェーデン語は分からなくても、原題の「スウィング・イット、マギステルン！」[*2]のほうが私たちにはぴんと来た。これこそまさに、第三帝国の領土における映画芸術の傑作だった！　スウィングしながら口ずさむアリス・バブス・ニールソン[*3]というスウェーデンの少女に私たちはだれもかれも夢中になったが、それはジャズの知識が半端だって、少なくとも私たちの耳は確かだということをさらに裏付けることになった。なにしろずっと後の話になるが、この少女はエリントンとLPを何枚かレコーディングするのだ。それにしても、私がこの映画を見た回数は十回は下るまい。ある日曜日などは午後から晩までずっと映画館に座りこみ、子どものための上映、午後の回、晩の回と制覇した。それでも「スウィング・イット、マギステルン！」と銘打った真夜中のミサがないことに、いわれもせぬ悲しみを覚えたのだった。

〈スウィング・イット、マギステルン、スウィング・イット！〉は、東ボヘミアのさびれた町で行われるコンサートのスタンダードナンバーになり、スウィングファンを大いに沸かせた。ただ、ジャズやスウィングの敵は当時のチェコの人々のなかにも見られた。比較的穏健だったのは、スウィングを異国風の現代的なジャズのデフォルメとしてとらえるソコル[*4]の人たちで、彼らはせいぜい私たちのコンサートで派手にブーイングを鳴らすくらいだった。が、ラジカルな連中、ポルカ狂はもっと性質《たち》が悪かった。リンゴの芯やら腐った卵やらそこらのクズを手当たり次第に放ってくるのだ。かくして伝説の田舎町における伝説のコンサートは、しばしばポルカ狂とスウィングファンのとっくみあいで幕引きとなり、バンドは生粋かつ唯一のチェコ音楽であるポルカの庇護者――それもなおぞっとすることにアコーディオンで演奏するのだ――のまっとうな怒りから、かけがえのない戦中の貴重な楽器を守るために、裏口から退散しなければならなかった。

だがこのポルカ狂も、私たちのエラに腐った卵を投げつけるようなマネは一度もしなかった。そう。私たちにはわれらが女神、われらのスウィングの女王、リズムから生まれた娘、かかとにリズムが張り付いたすらりとした娘、われらのエラがついていた。当然だが白人で、名をインカ・ゼマーンコヴァー[*5]といった。チェコ語の歌詞に、およそチェコ語に縁のない鼻にかかった英語のアクセントをつけて歌うのが持ち味だった。ああ、この美しい母語を踏みにじるような歌声をどれだけ私たちは崇めたことだろう。どんな言葉だって心もち崩れたところがある方が、生き生きとするように感じられ

＊1　一九四〇年の独映画。
＊2　一九四〇年に封切られたスウェーデンのミュージカル映画。
＊3　スウェーデンの国民的歌手。一九二四～。
＊4　十九世紀にチェコで設立された愛国的な体育団体。
＊5　チェコの代表的なスウィング歌手。一九一五～二〇〇〇。

たのだ。インカの十八番は、〈ホットに歌うのが好き〉というゆったりしたスウィングで、これはイジー・パトチカによる表向きに偽装された曲ではなく、正真正銘チェコの曲だった。歌詞は、「遠くハーレムで流れるシンコペーションのメロディー」をバックに、スウィングしながらブロードウェイを闊歩する娘をつづったもので、いくつかスキャットの小節が散らばり、インカが歌いあげる「ラーダ・スピーヴァーム・スィ・ホット（ホットに歌うのが好き）！」で締めくくられた。ところがこの英語で歌われる最後の単語がナチの検閲に引っかかった。そこでインカは彼らの指導に従って、この部分を同じ一音節の「ズ・ノット（音符どおりに）！」に変えるよう余儀なくされた――あっぱれなまでにばかばかしい変更。というのも「ホット」と韻こそ踏んでいるが、その意味はホットに歌うこととはまるで反対だったからだ。

ハーレムから、シカゴから、ニューオーリンズから遠く隔てられ、情報もなく、世間知らずだった私たちが仕えたのは、まさに国境を知らない聖なるものだった。プラハにある根城では、「O．K．」（オール・コレクトではなく、回覧板《オクルジュニー・コレスポンデンツェ》の略だった）というアングラ誌を発行していたが、このタイプ打ちで、ほとんど判読できないようなカーボンコピー二十枚ほどの地下出版物（文字通り非合法《アングラ》のもので、これを持っているだけで収容所送りになる恐れもあった）が、頼りにできる唯一の情報源だった。これを保護領各地に自転車で配達してまわったのは、「クリスティーンカ」と呼ばれた可愛らしい娘たち、あの滅び去った時代に多感な時期を過ごした少女たちだった。辺境の村酒場で、ひざ丈のスカート姿でダンスしながら、「潜水ガモ族《ポタープカ》*1」とたわむれていた娘たちが目に浮かぶ。そこでは入口に、常に仲間のひとりが見張りに立ち、ドイツ警察に目を光らせていた。地平線に保安警察《シュッポ》の姿が浮かび上がると、この見張りの合図とともに、クリスティーンカと潜水ガモたちは緑色のソーダグラスが注がれたテーブルに着き、バンドがなめらかに移行したウィーンワルツにつつましく耳を傾けるのだ。そして危険が去ると、席からいっせいに飛び上がり、カンザス・リフが勢いよく弾け、店内にはふたたびスウィングが満ちるのだった。

そして大戦争は終わった。かつて「スウィング・イット、マギステルン！」の上映が三度繰り返されるあいだ座り続けた同じ映画館に、私はまたもや腰を下ろして、今度はぼろぼろのフィルムのロシア語字幕付き「銀嶺セレナーデ」[*2]を三回見ることになった。ハリウッド的な展開には興味なかったが、グレン・ミラーに魅了されたのだ。そのフィルムは赤軍とともに私たちの町に入ってきたもので、前線で幾度となく上映されてきたために傷みがひどく、傷だらけのサウンドトラックの〈イン・ザ・ムード〉と〈チャタヌガ・チューチュー〉[*3]には、ゲッベルス流の恐怖感が刷り込まれていた。にもかかわらず、私は高揚感をかみしめていた。ついにすばらしきジャズの時代が到来したのだ。

＊1　当時のスウィングファンの若者を指す言葉。スウィングする様子が、潜水ガモが活発に水面を跳ねる様子を連想させることから。
＊2　一九四一年に制作された米ミュージカル映画。
＊3　両方とも「銀嶺セレナーデ」の挿入歌。

私は甘かった。わずか三年で、ジャズはふたたび地下に舞い戻ることになった。V・ゴロディンスキーのファシストまがいの「魂の貧困の音楽」[*1]やI・ネスティーエフの「ドルのカコフォニー」[*2]を始めとするソ連のバイブルをひっさげて、新しい小ゲッベルスたちが、かつての悪魔が地ならししたフィールドで活発に働き始めたのだ。彼らの語彙は、足の悪い小さな博士《ドクトル》[*3]のものと大差なかったが、すきあらばなおも自分の無知をひけらかそうとするきらいがあった。彼らはジャズやジャズにインスピレーションを得たクラシック音楽を、「歪んだ」、「堕落した」、「卑劣な」、「嘘まみれの」などと中傷的な形容語をふんだんに並べて評し、私たちの音楽を「ラクダの喉から出るうめき声」や「酔っぱらいのしゃっくり」になぞらえた。さらにジャズは彼らにいわせると「人食い人種の音楽」であるにもかかわらず、同時に「マーシャル・プランが進められる世界において、てんかん性の騒々しい曲で耳をふさぐために」〔「音楽の展望」Ⅲ．17号、一九五〇―五一、一二三頁〕資本主義者どもが発明したものなのだった。残念なことに、まもなくチェコ人のなかにも、このオーウェル風の師匠たちに追随する弟子たちが現れた。そして弟子たちは、よくあることだが師匠よりもさらに踏み込んで、ジャズの目的は「民俗音楽を破壊し、人々の心から消し去ることである」と舌鋒するどく言い放った。ついにはこの攻撃的な理論家たちは、党の文化部門の依頼を受けて模範的なジャズのコンサートまで開催した。とても信じがたい、まるで悪夢だった。コンサートの最前列に座ったチェコのスウィング界最大のパイオニア、バンドリーダーのカレル・ヴラフは、座席で赤くなったり青くなったり顔色を忙しく変え、その心中ではきっとスタン・ケントン[*4]に懺悔をささげているに違いないと思われた。ヴラフの横には、憂鬱そうに黙りこくったソ連のジャズアドバイザー、不信心極まりない三位一体（ほかならぬアラム・ハチャトゥリアンに率いられた盟友のプロコーフィエフとショスタコーヴィチ）が首を揃え、その隣には補聴器をつけたよぼよぼの合唱隊指揮者が座っていた。ところが、この骨抜きにされた奇怪な音楽でさえ、ソ連の音楽アドバイザーたちを満足させることはできなかったのである。彼らはこの「インストゥルメンタルな構成」をあげつらい、「滅びつつある階級の音楽」と切り捨てた。そしてしまいには老いた合唱隊指揮者が席を立つと、こうとどめのセリフを吐いたのだ。「たとえばそら、トランペットをごらんなさい。なんとお気楽な音の楽器だ！　ジャズの連中はこれで何をするというのかね？　喉に何かを突っ込むだけじゃないか。そしたらもう、ジャングルの遠吠えのようなみっともないすすり泣きが飛び出すのだから！」

これにはヴラフもいくつか罰あたりなコメントを返さずにはいられなかった。いわく、スタン・ケントンよりも上等だというものを示してくれない限り、今後もスタン・ケントンを演奏し続けるだろ

＊1　一九五〇年にソ連で発表されたプロパガンダ。アメリカの音楽を批判した。
＊2　一九五一年にソ連の日刊紙「イズベスチヤ」に掲載された記事。
＊3　ゲッペルスのこと。
＊4　四〇年代、五〇年代に活躍したアメリカのジャズ・ピアニスト。一九一二～一九七九。

うと。そしておそらく、その後早々と楽団ごと追いやられた先の移動サーカスで、そのことばどおりに振るまったのだった。党はまた、公式の模範ジャズバンドの結成を発表し、さらに各青年音楽団体のなかんずく熱心な観念論者たちは、ハイブリッドな音色の（ゆえにブルジョア的とされる）サクソフォンを、ハイブリッドではない（ゆえにプロレタリアート的とされる）ヴァイオリンチェロに替えようとさえ企てた。しかし、彼らは忘れていた。チェロはなんとかひきこなすだけでも最低五年はかかる一方で、サクソフォンは器用な若者ならば一月でそこそこモノになり、あとはひたすら実践あるのみなのだ！　それでもイデオロギーの思想は、現実世界の汚れとは無縁の道を突き進んでいった。彼らはケントンの代わりとしてポール・ロブソン[*1]を押しつけてきた。どんなに私たちはこの黒い使徒を恨んだことだろう。彼はチェコスロヴァキアで政治的理由により自国民に処刑された唯一の女性であるミラダ・ホラーコヴァー[*2]が絞首台に引っ立てられた時世に、そして偉大なチェコの詩人たちが（十年もしたら、例外なく更生させられるために）鎖につながれて苦しんでいる時世に、自分の自由な意思で、プラハの大空の下で歌い続けたのだ。まあ、もしかすると、ポール・ロブソンのことを恨むのは、お門違いだったのかもしれない。彼は立派な目的のために闘っているとの信念に従って行動したに違いないのだから。しかし当局は彼を一貫して模範的で「進歩的なジャズ奏者」として持ちあげたため、私たちは彼を目の敵にした。神よ、彼の罪なき——なきことを願う——魂が安らかに眠りますように。

だがこの五〇年代、スターリン主義者の蒙昧主義者たる監督者たちは、人食い人種の糾弾に手を尽くしたにもかかわらず、ある問題に手を焼いていた。その名はディキシーランド。それは人食い人種の一種でありながら、そのルーツが明らかにフォークロアにあり、そしてしばしばまぎれもなくプロレタリア的（ブルース）であったため、かの最もオーウェル的な事実の歪曲者でさえ、おいそれとは否定できなかったのである。このディキシーランドは、戦時中からその道の人たちのあいだでは、ぽつぽつと録音が聞かれていたが、戦争が終わると、プラハの青年フェスティバルにグレーム・ベル・ディキシーランド・バンドが出演し、若者たちもその洗礼を受けることになった。そしてこの若者たちのなかからチェコスロヴァーク・ディキシーランド・バンドが誕生すると、あっという間にルイジアナ風の名前が巷にあふれ返った。チェコスロヴァーク・ウォッシュボード・ビーターズ、プラーグ・シティー・ストンパーズ、メンフィス・ディキシー等々。アンクル・トムの音楽は、民族衣装もどきを着た都会の少女たちが起立して、スターリンのために牧童のヨーデル風に大げさな頌歌を歌う、「青年バラエティショー」という気のめいる集会に辟易していたジャズにとって、唯一無二の形となったのである。

＊1　アメリカの黒人オペラ歌手、公民権活動家。一八九八〜一九七六。共産主義に傾倒し、スターリン平和賞を受賞した。
＊2　五〇年代の共産党による粛清裁判の犠牲者。一九〇一〜一九五〇。

このチェコスロヴァーク・ディキシーランド・バンドのツアーを次々に組織したのが、エマヌエル・ウゲー*1という ディキシーランドの使徒である。このため、ウゲーの退屈で超学究的な論評にくるまれて、またもや喧《やかま》しいシンコペーションがボヘミア北東部のさびれた町に響きわたることになった。このディキシーランドのひた向きな天使的博士《ドクトル・アンゲリクス》は、コンサート会場に潜む密告者の耳に、名高いシカゴの安酒場から流れるいかがわしい流行歌を、黒人の苦しみの魂の表現としてみごとに解釈してのけた。そうした黒人たちは、スターリンの到来を、そして彼の収容所に入れられることだけを待ち望んでいるというわけだ。実際には収容所での再教育など、そのままあの世行きになるものだったのだけれど。

しかし、ディキシーランド・バンドの巡業は、もろ刃の剣であることが露呈した。たしかにジャズの普及には一役買ったものの、教養があり、つまり保守色の薄いプラハの監視者が「黒人のフォークロアの一種」として目をつぶってきた音楽の正体を、狂信的な田舎者たちが暴露したのだ。彼らにとってジャズとは——フラニツェ*2の町議会からツアーの主催者であるフラニツェ・セメントの経営陣に送られた書簡を引用しよう——「西側のデカダンスを我々の労働者の心に植え付けようとする企みでした……アンサンブルの音楽的レベルに関して言えば、この活動は社会主義リアリズムの面から見て何ひとつ達成していません。それどころか、このアンサンブルが主に育んでいる奔放な即興は、音楽的ポルノグラフィーの様相を呈しています……アンサンブルが披露した曲の八割方は西側のコスモポリタン音楽で、会場にいた兵士のひとりなどは、このエキセントリックな音にそそのかされ、舞台に飛び上がってタップを踏んだほどでした。チェコスロヴァキア青年同盟（CSM）の代表団に苦情が寄せられたことから、アンサンブルはレパートリーを一部変更して〈ビヤ樽ポルカ〉と〈山麓の小屋〉を演奏しましたが、その後は再び最後まで西側の音楽で通しました。当局の調査によると、このアンサンブルは文化面で労働者たちに何ら貢献をしなかったばかりか、フラニッェのチェコスロヴァキア青年同盟の文化活動に泥を塗ったのです。……注目すべきことに、アンサンブルはチェコスロヴァキア青年同盟の下で演奏しているにもかかわらず、チェコスロヴァキア青年同盟の組織下のメンバーは一人もいません。なかでもレストラン……「スクシードロ」におけるこの音楽活動には、他の地方や町からブルジョアの反動的な若者たちが押し掛け、また、倫理的な犯罪、とりわけ売春行為が横行していたことが公式に確認されています。〔L・ドルーシュカ、I・ポレドニャーク、前掲書、一〇二頁〕

怖ろしい！　ニック・ラロッカ[*3]の曲に乗ってステップを踏むチェコ人民軍の兵士！　後年、ヴァ

＊1　チェコ初のジャズ評論家。一九〇〇〜一九七〇。
＊2　モラヴィア地方の町。
＊3　オリジナル・ディキシーランド・ジャズ・バンドのリーダー。一九一七年に発表した〈タイガー・ラグ〉は、ジャズのスタンダードナンバーとなった。

シーリー・アクショーノフ（画期的な小説『星の切符』の著者だが、西側で彼の名前に聞き覚えのある人などいるのだろうか。モスクワの若者の俗語で記されたこの小説の解放感は、おそらく『ドクトル・ジバゴ』よりも奥深い影響を現代ロシア散文に与えたということを、誰が知っているだろう）の記事で、スターリン時代の末期にシベリアのどこかで〈セントルイス・ブルース〉、〈聖者の行進〉、〈リバーサイド・ブルース〉などを演奏したビッグバンドについてのくだりを読んだとき、このハーレムかぶれの兵士のことが頭に浮かんだ。しばしば殉教者となった使徒列伝のまた新たな一章というわけだ。

私たちのあこがれの的、スウィングの女王インカさえも殉教者となった。戦後、彼女は歌を専門的に勉強するために歌手活動をいったん休止した。五年後、復帰の決意を固めた彼女に、コンサート・エージェンシーは、プラハのルツェルナ大ホールで開かれる日曜午後のショーの出演を手配した。彼女は休憩前のトリとして登場し、一曲歌いあげた。休憩後にもう一曲歌う予定だった。披露したのは古いスウィングの曲だったが、リズム感は往時のまま、そして声域は倍に広がっていた。嵐のような喝采を浴びた彼女は、アンコールの声に応えてもう一度、今度はフルコーラスをスキャットで熱唱した。拍手は終わりを知らなかった。「ふらふらになって舞台袖に戻ったとき」後年、彼女は私にこう述懐した。「内心思った。カムバックは成功って！　ところがそこに男が立っているじゃないの、青いシャツの男よ、おわかりでしょ？　青年警備隊とかなんとかいったかしら。その男がものすごい形相で怒りに我を忘れてこうののしったの。なんたる挑発！　出て行きなさい！　いいですか、もう二度と公の場では歌えませんよって。で、そのとおりになったの。もう休憩のあとの曲さえ歌わせてくれなかったんだから」［ちなみにインカのアドリブに対してかくも正しく怒りを爆発させたこの青年は、現在は亡命先のスイスに暮らしている］。その瞬間、私はナチの占領下の時代のヴィヘレクと〈タイガー・ラグ〉の彼のスキャット・コーラスを思い出したのだった。

しかし時の移ろいが政治に動きをもたらし、この片田舎の狂信者たち（そして青シャツの共産党青年同盟の突撃隊）の専横と、さらに彼らの音楽学的理論の影響力が揺らぎだした。私たちは、チェコスロヴァーク・ディキシーランド・バンド（現在はプラハ・ディキシーランドに改名）がふたたびプラハの公の場で日の目を見られるように許可を手に入れる方法を探り始めた。その矢先、予想だにしなかった救いの手が合衆国から伸びてきた。ハーバート・ワードというベース奏者がチェコスロヴァキアに政治亡命を申請したのだ。党の機関紙は、「アメリカ帝国主義にまたしても深刻な打撃を与えた」と報じた。記事はまた、ワードがアームストロングと共演したことがあると伝えていた。すぐさま私たちは、プラハ・ディキシーランドのギタリスト、ルヂェク・シュヴァープを連れて、ヴィノフラディ[*1]にあるグラーフ・ホテルにワードを訪ね、本人はまるで勘付いていなかったが、スターリン主義者の隠語でいうところの「隠れ蓑」となる役回りを引き受けてくれるよう丸めこんだ。実際、私

＊1　プラハの一地区。

たちは容赦なく彼を利用した。すぐに私たちは「本当にブルース《オプラヴドゥ・ブルース》」というタイトル（このタイトルは、メズ・メズロウ[*1]から拝借した）のレビューをまとめ、プログラムにはハーブの超反米的な挨拶を印刷し、プラハ・ディキシーランドには、アメリカの秘密警察のスパイにつけ狙われる心情をつづったハーブ自作のブルース（誰もがそれをイヤというほど承知している警察国家では、とりわけ辛口に響くブルースだ）を伴奏させ、ハーブのセクシーな妻でダンサーだったジャクリーンには、若いころにパリを満喫したプラハのマダムから拝借したオリジナルのサックドレスを与え、そして私たちは、ナ・ポジーチー通りの「赤い家」の舞台で、エキセントリックで退廃的なチャールストンを踊るジャクリーンの姿を、目を細めながら見守った。ハーブの声をからして歌うブルースの歌詞が反米調だったことと、ジャクリーンの肌色がまっ白ではなかったことから、当局はあえて抗議しようとせず、私たちは大成功を収めた。ショーの店じまいは、むしろアメリカ的な性質の面倒事がきっかけとなった。ハーブとジャクリーンがギャラの値上げを要求したのだ。報酬の規定に縛られているプロデューサーはそれに応じることができず、「本当にブルース」はあっけなく幕を閉じた。後年、ハーブとジャクリーンは、多くのアメリカ人亡命者がたどった道と同じ旅路、つまり故郷の合衆国への旅に出た。「汝故郷に帰るなかれ」という米国人作家のことば[*2]は合衆国には当てはまらないのだ。このことばが当てはまるのは、自国の作家を国外追放に、強制収容所に、あるいは死に追いやる国々なのである。

「本当にブルース」は、始まりの終わりであった。ジャズは徐々に、デルタからあまたの支流が伸びるミシシッピ川を彷彿とさせる姿に成長した。党は別の標的を見つけた。エルヴィス・プレスリー。さらにヘルズ・デヴィルズ、バックサイド・スラッパーズ、ロッキング・ホーシーズといった、はるかな土地を思い出させる名前を冠し、自前のアンプで音を増幅した電気ギターをあやつる小さなロックンロールグループ。地下からの新たな絶叫。そして五〇年代末には若者の集団が逮捕され、そのうち一部の者たちは、マーネス[*3]のレンタルスペースで「退廃したアメリカの音楽」のテープを流し、ロックンロールの「エキセントリックなダンス」にうつつを抜かしたとして、刑務所に送られた（公判中にはまたぞろヴィヘレクの魂が現れた）。こうして若い世代がこぞって新たなスターたちを追いかけ始めたため、ジャズ自体はもはや実験的なジャズもメインストリーム・ジャズも危険視の対象から外れ、六〇年代に入ると、政府主催の国際ジャズフェスティバルが開かれるまでになった。プラハのルツェルナ大ホールのステージには、ドン・チェリー、モダン・ジャズ・カルテット、テッド・カーソンらの音が飛び交い、私たちは拍手を送ったが、その大半はもはや、私たちが慣れ親しんだ音楽、私たちが愛した音楽ではなかった。私たちはオールドジャズのしもべだった。のびやかで蜜のよ

＊1　アメリカのクラリネット奏者。『リアリー・ザ・ブルース』というタイトルの自叙伝がある。
＊2　アメリカの作家、トマス・ウルフの小説の題名。
＊3　ギャラリー・マーネス。一九三〇年に設立。プラハの芸術活動の中心地のひとつ。

うに甘いサックスの音は消え去った。あれは少数の者だけが分かる奥義の音楽だったのか、それとも私たちが年老いただけなのか……。ジャズは単なる音楽ではない。それは魂にしっかりと錨をおろし、永遠に変わることのない、青春時代の愛である。一方、生きた音楽は変わり続ける。あの、永遠に呼びかけるランスフォードのサクソフォン……。

このころに私が書き下ろしたのが「バスサクソフォン」であり、私がしたためたのは、忠実ということについて、これを差し置いて何を芸術と言わんや、という唯一の本物の芸術について、何があろうとも人が忠実であらねばならないことについて、つまり、それがいかにマイナーな芸術で、見下され、嘲笑の的になるようなものであろうとも、倒れるまで貫き通さねばならないことについてである。私にとって文学とは常に、永遠に管楽器を吹き続けることであり、青春がもはや取り戻せぬものとなったときに青春について謳いあげることであり、時代が患っている統合失調症によって、大洋の向こうの国――どんなに温かく、どんなに友好的に迎えてくれても、その岸に漂着したのが遅すぎたゆえ、決して完全に心の国になることはない土地――に追い払われたときに、母国について歌うことであった。

ソビエトの鋼鉄の馬車がスウィングしていたため、私は母国を去った。ヨーロッパの政治の狂気の中心で、ジャズの足場はあいかわらず不安定だ。もっとも、戦場は他に移った。これはあのおなじみの古い話なのだ。つまり、ふたたび東ヨーロッパを一匹の妖怪が徘徊しているのだ。ロックという妖怪が。そしてあらゆる権力が、この妖怪を討伐する神聖な同盟を結んだのだ。ブレジネフとフサーク、スースロフとホーネッカー、東独の蒙昧主義者とチェコの秘密警察が。地下からは、ナチスの時代のクリスティーンカや潜水ガモ《ポタープカ》に似た、魅力的な新しいことばが生まれている。今なら、長髪の若者を指す「マーニチカ（マリアちゃん）」や、男女問わずにロックファンを表す、英語の「アンダーグラウンド」をチェコ語風にもじった「アンドラーシュ」だ。おなじみの古い、さびれた町では名もなき主催者たちがウッドストックを組織しては、しばしば容赦なく警察に蹴散らされ、参加者の逮捕、尋問、迫害、警察国家での暮らしにおけるあらゆるお楽しみがあとに続いている。

　だから伝説、そして……バンド名の鎖は続く。ザ・ゲットー・スウィンガーズ、ブーヘンヴァルトの名もなきバンド、スターリンのシベリアのビッグバンド、ナチの制服姿で楽譜をしのばせてヨーロッパを横断したジャズの名もなき使者たち、ザ・レニングラード・セヴン——六〇年代のモスクワで、ソ連の地下出版《サミズダート》物向けに、英語の理論アンソロジー「ザ・フェイス・オブ・ジャズ」をチェコ語訳から翻訳した名もなき愛好者たち——、さらにもっとはるかなる辺境の土地——私の知る限りではおそらく毛沢東の中国さえ——で音を張り上げている数々のマニアやバンド。これらにさらにふたつの新しい名、ロックミュージシャンとアヴァンギャルドの詩人のアングラグループ、「プラスティック・ピープル・オブ・ザ・ユニヴァース（ＰＰＵ）」[*1]と「ＤＧ３０７」を加えないわけにはい

＊1　一九六八～一九八八年までのチェコのアングラ音楽を代表するバンド。

かない。このメンバーたちは折しも本稿の執筆中に、「公共の場での組織化された騒乱」の罪でプラハで有罪判決を受けた。[*1] この反吐が出そうな地獄の語彙、ゲッベルスの語彙、殺人者の語彙……。

私の話も終わりに近づいた。ゲ ー ム は 完 敗《ダス・シュピール・イスト・ガンス・ウント・ガール・フェアローレン》。そして、それでもゲームは《ウント・デンノホ・ヴィルト・エス・ヴァイター》続く《ゲーエン》［エーリヒ・ケストナーの詩から］。古い音楽は死に瀕しているが、溌剌としたイキのいい子どもたちが続々と誕生している。当然ながらこれらも憎まれることになるだろう。ただ私にとっては、デュークが逝き、サッチモが逝き、カウント・ベイシーは心臓発作からかろうじて一命をとりとめ、小さなジミー・ラッシングもこの世を去った……

……誰かがあんたに尋ねたら
この歌を歌っているのは誰だいって
……だと言ってくれ
あいつはここにいた。そして逝ってしまったと

. . . anybody ask you
who was it sang this song,
tell them it was . . .
he's been here, and's gone.

［ジミー・ラッシング、カウント・ベイシー、レスター・ヤングによるブルース〈ベイビー・ドント・テル・オン・ミー〉の歌詞］

これが小柄なファイブバイファイブ[*2]の碑文だった。こんな碑文をわが著作にも授かりたいものである。

トロント、一九七七年

＊1　一九七六年、ＰＰＵのメンバーが逮捕され、翌一九七七年に発表された憲章77を発起するきっかけとなった。

＊2　ラッシングのあだ名。背も胴回りも五フィートの体型から。

エメケの伝説

石川達夫　訳

おお、蛾の母よ、人間の母よ、万物の母よ、
困難きわまりない世界に戻る力を、蛾たちに与えたまえ、
彼らはかくも華奢で、かくも必要な存在だからだ、
マンモスの怪物どもが跋扈するこの世界において！

テネシー・ウィリアムズ

物語が生まれては消え、誰もそれを語らない。その後どこかに誰かが生きていて、午後は暑くて空虚だ。クリスマスがやって来て、その人が死に、名前を刻んだ新しい板が一つ墓地に増える。二、三人の人、夫、兄弟、母が、この光、この伝説をまだ何年か脳裏にとどめているが、その後彼らもまた死んでしまう。子供たちにとって、それはもう古い映画にすぎず、ピントがずれてぼやけた顔のハレーションだ。孫たちは何も知らない。そして他の人々は忘れてしまう。その人の後には、もう名前も、思い出も、空虚も残らない。何も。

けれども、かつてホテルかペンションか村の宿屋か何かだったレクリエーション・センターの建物には、今でも、二種類の人間の愚かさについての物語が秘められていて、その登場人物たちの影は、たぶん今でも、娯楽室か卓球室で見ることができるだろう——活気を失った人間の観念に固着し、見捨てられた古家の中で実体化して、百年間、五百年間、千年間、あるいは永久にその場から動けなくなった、狼人間のイメージのように。

その部屋の天井は傾いていた。それは屋根裏部屋で、窓は床から高いところにあるので、壁にテーブルを寄せてその上にのぼらなければ、外が見えなかった。そしてもう最初の夜から、その教師は女の話を始めた(八月の暑い夜で、窓の下ではトネリコと菩提樹が、太古の海のはるかなざわめきのような音を立てていた。そして部屋の中には、夜の草地や、バッタや、セミや、コオロギや、菩提樹の花や、煙草の匂いが流れ込んで来た。小さな町の方からは音楽が、ジプシーの音楽が聞こえてきた。それはグレン・ミラーの古い〈イン・ザ・ムード〉だったが、ジプシーの踊るようなリズムで演奏されていた。それから〈ダイナ〉、〈セントルイス・ブルース〉が聞こえてきたが、それは二挺のヴァイオリン、ベース、ツィンバロンを使ったジプシーの演奏で、ブギウギではなくて跳ねるようなジプシーの律動だった。そしてリーダーがブルースの音色と跳ねるようなジプシーのリズムで装飾音を付けていた)。教師は闇の中のベッドの上で、かすれた声で話し、私の女性経験を聞き出そうとした。私は彼に、クリスマス前に結婚する予定だ、相手は未亡人でイレナという名前だと言った。そう言いながら私は、マルギトカとその夫、もう一度リベニに姿を現したらただじゃおかないからなという伝言を私に送りつけてきた夫のことを考えていた。それからリベニのお祭りのこと、それにホテルかペンションかレクリエーション・センターか何かの裏手の下の、荒涼とした葬儀用庭園にある粘土製の小人の鼻みたいに、泣いて鼻を赤くしたマルギトカのことも。それから教師は、自分から女性遍歴を語り始めた。みだらなイメージに満ちた粗野で下品な言葉が、彼の獣めいた口から、そのウサギの脳からほとばしって、私を憂鬱にさせた。五十歳で、妻と三人の子持ちで、二クラスだけの学校で教えるその田舎教師の荒野から、死に神が手を伸ばして私に触れたみたいだった。彼はそこで女たちについて、若い女教師たちとの性的関係について、べらべらしゃべった。彼女たちは母を置いて、擦り切れたスーツケース二つを持って、どこやら遠くの山地に、国境地帯に、映画館もなくて酒場しかなく、二、三人の木こりと、二、三人のジプシーと、ありとあらゆる計画や夢や良心の呵責に追い立てられて来た入植者たちしかいない村に、来なければならなかったのだ。それからそこには見捨てられた司祭館があり、かつてシュヴァルツェンベルク家の領地の日雇い労働者だった人民委員会議長がいるだけだった。その議長は自分の血の中に、自分のものではない土地に自分の汗をしたたらせてきた多くの世代から引き継いだ反抗心を持っていた。そしてその反抗心、土地への願望が、革命後に彼をここへと駆り立て、今や土地を手にし、以前と同じように、髭ぼうぼうで筋張った先祖たちと同じように、そこで汗水垂らしていた――だが土地は、今や彼のものだったのだ。それから、村で一人だけヴァイオリンがひけ、カレル・ヒネク・マーハ[*1]とかベドジフ・スメタナ[*2]とかフィビフ[*3]といった言葉を知っている、その教師がいた。それらの言葉の中には、少女が抱く愛国主義的理想の魔力と、若い娘たちが最も美しい職業に就く準備をする教育大学のポエジーが込められていたのだ。教師には妻と、(当時は)二人の子供がいて四十歳だったが、彼女を愛していると言って、彼女に手紙や、どこかで読んだことのあるような詩を、教師の書体で書き送った(教師は、差し迫った必要のために作られた、匿名の詩人たちの恋愛詩が入った古いラブレター教本を持っていたのだ)。朝には、彼女はよく自分の机の上に、プリローズの花束や、エーデルワイスやカーネーションの小枝や、スズランの束が置いてあるのを見つけた。そして、彼の言うことを聞き、村外れの低い林の中、松の灌木の中で

＊1　チェコの詩人。一八一〇〜一八三六。
＊2　チェコの作曲家。一八二四〜一八八四。
＊3　ズデニェク・フィビフ。チェコの作曲家。一八五〇〜一九〇〇。

会った。そこでは夏の終わりの風が裸の丘を渡り、天に向かって塔を屹立させた教会がある小さな町が、家々の壁が剝げて黄ばみ、半ばうち捨てられた状態で、はがね色をした秋の暗雲のふいごの下に冷たく横たわっていた。その後で彼女は同意し、彼を自分の部屋の中に入れたのだ。彼は今、私にこう語った。「……あの子は言ったよ、明るすぎて恥ずかしいわ、ってな。ただ、そこには紐で吊した電球が一つあるだけで、それには笠もついてなくて、何もなかったんだよ。そこで俺はその子のパンティーを脱がして、青いメリヤスのやつだったが、それを電球にかぶせたんだ。そうしたらすぐに、戦時中の路面電車の中みたいに暗くなったので、それからその子とやったのさ……」彼は完全に死に取り憑かれた人間で、その生の空虚さが、私におおいかぶさってきた。その生は、ネズミや、野のスズメや、アルマジロの生よりも空虚だ。動物園の檻に閉じ込められたアルマジロは、ただブリキの床で足を踏み鳴らし、周期的に物欲しげに鼻を鳴らし、それから漁り食い、交尾し、そしてまた走り回り、鼻を鳴らし、床を踏み鳴らし、そして眠る。というのも、それはアルマジロであり、アルマジロの法則に従った最適な生活を送る滑稽な動物だからだ。だが、こちらは人間であり、最近まで学年主任で人民委員会のメンバーだった男で、今は罰として国境地帯の二学級学校に飛ばされていた（「お偉い同志の視学官が俺に意地悪をし始めたんだ、分かるかい、俺を妬んだんだ、というのも自分は若い女教師たちを落とせなかったからさ」）。彼は、もう大昔のことだが、かつてこんな村や山小屋に、書物と音楽と美と哲学を持って来た教師たちの古い伝統の後継者だった。そして、内地に一人残って別居手当を受け取っている妻の夫であり、三人の子供の父親だった。それでも、野ネズミやアルマジロの法則に従った生活をしていたのだ。

その若い女性（くだんの女教師ではなくて、最初の晩、食堂で文化活動組織官が私たちのグループのための広範で盛りだくさんな大衆活動計画を開陳していたときに、近くのテーブルで聞いていた人だ）は、夜の街灯のようにほっそりした、ダンサーのような体つきで、少年のようなヒップと優しい撫で肩をしていて、バストは様式化された彫刻の胸に似ていたが、それはレオタードを着たすらりとした若々しい体の均整を乱していなかった。目はアーモンド形で、ガゼルの目のように優しく、炭焼き窯《がま》の黒こげになった内部のような暗色だった。髪はジプシー女のようだったが、ただ、きちんと梳《と》かして大理石のように黒光りしていた。私たちは一日中彼女のそばにいたが、その日は巡礼地マリアタルへピクニックに出かけたのだった。マリアタルへはかつてオーストリア＝ハンガリー全土から、あるいはおそらくヨーロッパ中から信者が集まってきたが、今ではさびれて閑散とした森の谷間になっていた。私は彼女のそばで気後れがして、あらゆる話題が無意味で使えないように思えた。彼女とは、ありふれた物事について話をすることはできないように思えた。言葉が何も意味しないか、あるいは松の樹冠で雌を誘う雄フクロウの鳴き声か雄鶏の叫び声くらいのものしか意味しないところでは、会話を始めることができず、思想について話さなければならないように思えた。それは、そんじょそこらの若い女ではなかった。カフェで近づいて行って、お嬢さん、ダンスの相手をしていただけますか、と言い、それから、バンドの演奏がうまいですね、きれいな服ですね、電話番号を聞いてもいいですか、などと言って、その後でその番号に電話をかけ、その子が来るか来ないかで、来たらまたダンスをして、その後はもうあまり喋ってはならず、あとは住居かアパートを持っているか、あるいは少なくとも口外しない下宿の女主人がいるか、そうでない場合はホテルの二部屋分に足りるお金があるかどうかにかかっている、というような若い女ではなかった。それは奥深い女性で、その魂のどこか深いところに人生哲学が隠されていて、その哲学について話さなければならず、そうしなければ彼女に近づくことはできなかった。くだんの教師はもちろんそんなこととは分からずに、金切り声を上げ、下卑た言葉、ダンスパーティーの会話や、村や郊外の伊達者たちの冗談めいた会話に出てくる下品な常套句を飛ばし、手を変え品を変えていろいろな表現とトリックを試した。それらは、大昔からある、近づきになるための性的儀式において、司祭と侍者との対話のように正確な応えと正確な語句を求めるものだったが、彼女はその決まりきった応答句を用いずに黙っていて、ただ「はい《ヘイ》」か「いいえ《ネ》」とだけ言うのだった（彼女はハンガリー人でチェコ語ができず、スロヴァキア語とハンガリー語、そして何やらロマ語かルテニア語の混じった奇妙な言葉を話した）。教師はじきに、自分のすべてのトリックや常套句を使い果たしてしまった。彼は口を閉ざし、道端から何かの草を引き抜いて口に突っ込み、それを嚙み始め、疲れて黙り、口からその草を突き出したまま、まっすぐ前に進んだ。すると、すごく大きなトンボが飛んで来て道を横切ったので、私は彼女に、かつて翅の幅が七十五センチもあるトンボが地上に住んでいたことを知っていますか、と尋ねた。彼女はびっくりして、それはありえないのじゃないかしら、と言った。私は中生代や新生代について、ダーウィンについて、世界の発展について、自然がたどる盲目的で必然的な経過について話し始めた。自然界ではより弱いものをより強いものが次々と食っていき、動物は食べ物を求め子供を生んで死ぬためにだけ生まれるのであり、そこにはそれ以外に意味はない、そもそも意味というのは人間の概念であり、自然は厳格な因果的連関であって、多彩で意味深く神秘的な目的論ではない、と。すると彼女は、あなたは間違っている、自然に意味はあるわ、生命にも、と言った。じゃあどんな、と私が尋ねると、それは神よ、と彼女は答えた。「さあ、もうそんな話はやめなさいよ」と、教師が言った。「お嬢さん、ビール欲しくないですか？　夏休みみたいに暑いなあ」。けれども彼女が頭を横に振ったので、私は、神を信じているんですか、と尋ねた。信じています、と彼女が答え、私は、神は存在しません、と言った。もしも存在したら素晴らしいでしょうけれど、でも存在しません。あなたはまだ神に至っていないんですよ、と彼女は言った。あなたは今まで物質的な人間で、まだ不完全なんですよ。でも、いつか神に至るでしょう。私は無神論者です、と私は言った。私も無神論者だったのよ、けれども目が開いたの。真理を悟ったの。それはどんなふうに起こったんですか、と私は茶化すように尋ねた。というのも、彼女はダンサーのようにほっそりとしていたが、ダンサーというのはよく教会に通い、跪《ひざまず》いて十字を切るが、神を信じてはいないものだからだ。つまり、神に想いを凝らしているのではなく、迷信として神を抱いているのだ。それはちょうど、舞台に上がるとき、職業的な微笑を浮かべて小さなステップでスポットライトの光の中に入っていく前に、自分に唾をかけてもらうおまじないと同じだ。私が結婚したとき、と彼女が言うと、それまで話すのをやめてまた新しい草を噛んでいた教師が、愚か者の不活動状態から目覚めて言った。「あなたは結婚しているんですか？」いいえ、と彼女は言った。私は未亡人です。でも、私は結婚したとき、信仰することを学んだのです。あなたのご主人は敬虔な人だったんですか、と私は尋ねた。彼女は頭を横に振った。いいえ、と彼女は言った。とても物質的な人で、あの人には精神的な人間にあるようなものが何もありませんでした。「じゃあ、あなたはうら若き未亡人なんですね？」と、教師は言った。「で、また結婚したいですか？」いいえ、とエメケは答えた（彼女はエメケという名前で、ハンガリー人だった。郵便局員だった彼女の父は、南スロヴァキアの郡が併合された後、コシツェ[*1]に移されて郵便局長に任命された。つまり、生涯待ち望んでいた地位を得たのだった。彼はいわゆる旦那になって、ピアノとサロンを備え、ギムナジウムに通う娘にはフランス語の家庭教師をつけて、旦那ふうの生活を始めたのだった）。私はもう二度と結婚しません。どうしてそんなふうに決めているんですか、と私は尋ねた。人生にはもっと高い目的がありうるということが分かったからです。あなたは、原因と結果があるだけだと言いましたが、と彼女は言った。あなたにそう見えるだけです。でも私はそこに、あなたにはまだ見えていない意味を見るのです。どんな意味ですか、と私は尋ねた。すべてが神に向かっているということです、と彼女は答えた。神との融合に向かっているのです。そこに全人生の意味があるのです。

　信仰する者としない者との間には、相互理解は存在しない。あるのは城壁、鋼鉄のよろいで、議論はそれにぶちあたって砕ける。私は最大限の努力をしながら、彼女にこう説明した――それはまさに、意味についての、そしてなんらかの意味が必要だということについての、あなたの人間的な観念にすぎないんですよ、そういった観念を人はその盲目的で無意味な自然の出来事に当てはめようとするんです、私が言っているのはそういうことなんですよ、意味というのは、人間のすべての行いになんらかの「意味」があるということから来る、すべてを人間に引きつけて見てしまう観念なんです、私たちは食べることができるように料理をするのであり、リフレッシュできるようにレクリエーションをするのであり、自分の歯が駄目にならないように歯を磨くのだけれども、私たちはそういう観念を、意味が欠けている自然に投影してしまうんです、と。けれども、彼女はただ微笑んだだけで、私のすべての証明や論拠や無力な怒り（それは悪意に満ちた怒りではなく、これほど明白な真実を彼女に説得できないということ、ここには誇り高くて論拠に逆らう何か、何かの能力か無能力か、論理以外の何かがあるということへの、絶望的な怒りだった）に対して、穏和で静かで、ほとんど高貴な微笑と、あなたは単純に非精神的な人間なのです、あなたはまだ不完全なのです、という言葉で応じただけだった。そこで私は、私が無神論者なので私に憎しみを感じたり、私を軽蔑したりはしませんか、と尋ねた。すると彼女は頭を横に振って、あなたが可哀相です、と言った。なぜですか？　なぜなら、あなたは多分、完全な人間になるまでにまだたくさんの人生を経験しなければならないからです。そして、真実を認識するまでに。たくさんの人生ですって、と私は尋ねた。そうです、とエメケは言った。なぜなら、真実を洞察する前に、あなたは精神的な人間にならなければならないからで

＊1　スロヴァキアの町。

す。「お嬢さん、あなたは魂の転生を信じているのですか?」と、教師が言った。それをなんと言うかは問題ではありません、と彼女は言った。神とさえ言う必要はありません。言葉は問題ではありません。そうではなくて、真実を知らなければならないのです。

私たちはマリアタルの森の谷間に入った。そこには白い巡礼教会が建っていて、腐った木の臭いのする、人気《ひとけ》のない巡礼の建物の並ぶ広い通りがそこに続いていた。かつてハート型の焼き菓子や聖像画や教会の絵のついた小鏡がたくさん並んでいた木の台、そして上の梁《はり》に吊られて揺れる黒や白や赤のロザリオ、鎖のついた銀や金の聖母、マリア様の絵のついた聖水盤のミニチュア、ブリキの十字架、ブリキのキリストがついた木の十字架、彫刻が施されたり滑らかに削られたりした十字架、田舎の応接間の壁にかけられた神の祝福、マリアタルの聖母の絵、聖化された絵と蠟《ろう》製の祈禱用品。そして脇には、トルコ蜜の板菓子を置いた小屋があり、白いエプロンをつけて頭にトルコ帽をかぶった一人の男がいて、湾曲した刀を使ってトルコ蜜の板菓子から、ねばねばした甘い鱗《うろこ》のようなものを巧みに削ぎ落としていた。その少し先には、ジェニール織りの服や綿の靴下やガラスのアクセサリーを売る屋台、ソーセージ売りの屋台、そしてまた聖像画を売る小屋があった。そして、黒い服と黒い帽子を身につけた田舎の人たちが、汗をかいた顔を赤いハンカチで拭いていて、その足に履いた紐付きの靴は長旅で汚れていた。それから、白い休日用のスカーフをかぶったおばあさんたちと、へとへとになった子供たち、若い結婚生活がうまくいくことや妊娠が訪れることを祈りに来た、田舎の疲れたカップルたち、幸福な最期を迎えられるよう祈りに来た老人たち。教会の中からオルガンの音と巡礼の歌が聞こえ、道は幾つもの小さな白い礼拝堂で縁取りされて、森の中で曲がりながら斜面を上っていく。それらの礼拝堂には、木の祭壇に聖人・聖女の生涯の情景が手書きで描かれていた。そうした絵も、もうだいぶ前に色褪せて剝げ、多くの雨と山地の厳しい気候によってこすり取られていた。そして、一つの礼拝堂の小さな階段に、毛むくじゃらの細長い足に半ズボンをはいたレクリエーション・センターの文化活動組織官が上って、この巡礼地についての講義を始めた（彼は最初の晩に、このツアーに含まれる文化行事の説明をしたが、翌日の晩は酔っぱらい、三日目は居眠りしていて、最後のお別れパーティーの時にはぐでんぐでんに酔っぱらって壇の下の楽隊席に転げ落ち、楽団員たちにサキソフォンから出る唾をかけられた）。彼が口を開くやいなや、この男がカトリックの教会や教義や儀式や伝統や教理問答について、教会と聖書の歴史について全く無知であるだけでなく、そもそも無教養な人間であることが、私には分かった。ここマリアタルには子供のできない妻やインポの男たちが体液を乞いにやって来るのだとジョークを飛ばし、それから真顔で宗教についての公式見解を講じ始めた。それは、最も絶望的に通俗化されたエンゲルスの見解の恐るべきごたまぜであり、塞がれた脳のために噛み砕かれすぎた科学、文化活動組織官が受け取る千二百コルナの月給に対して果たされる仕事として利用される科学だった。高等教育を受けていなくても自然な知性を持つ労働者の脳のために大衆化された科学ではなく、真実などどうでもよい寄生ヒル用の俗悪な、半分の——あるいは四分の一の——真実だった。科学ではなくて似而非《えせ》科学、科学への冒瀆、科学の嘲笑・侮辱であり、真実ではなくて愚かさ、感受性と感覚の欠如だった。それはカバの皮であり、その皮は、絶望的な夢――肉体労働を毛嫌いし、古城案内のいい加減な文章で生計を立てるような、酔っ払ったのらくら者たちのいない共産主義的な未来の知恵の世界においてようやく実現するという、絶望的な夢――の悲劇的で絶望的な詩の矢をもってしても、貫き通すことができなかったのだ。また、晴れた巡礼の日の詩の矢をもってしても、貫き通すことができなかったのだ。――その巡礼の日には、オルガンの音に紙笛の金切り声が混じり、樅《もみ》と松の匂いにお香の甘い香りが混じり、赤か緑の襟を付けて紐付きの靴をはいた小さな侍祭たちが白い法衣の下で吊り香炉を熱心に揺らし、すばらしい森とその影と光とカッコーの鳴き声の中を通って黄金色の法衣を着た司祭が進み、光り輝く聖体顕示台を掲げる。その輝く中心には、あの真っ白な円、古代ギリシャ人が見出した、あの最も完全な平面図形がある。そして聖体顕示台は、あの人間の永遠の願いと希望の象徴として、香炉の煙を浴び、陽の光と森の影を浴びて、スカーフをかぶった田舎の老女たちのうなだれた頭と白髪の上を泳ぐように進んでいく。その願いと希望は、この地上ではほとんど叶えられないだろうもので、結局のところ、世界を支配する善と愛と正義への、あの素朴で民衆的な信仰の詩なしにはありえず、考えられず、実現されえないものだ。あの酔った、粗野で、愚鈍な文化活動組織官の脳が抱きえない類の、信仰と希望と愛なのだ。

その晩、ベッドの中で教師が私に言った。「あんたは女の扱いが苦手のようだな。そんなことで女を落とせるもんかい? 神や恐竜なんかの話でさ? そんなんじゃ、この一週間のうちにあの女をベッドに連れ込むことはできないよ」

後になってエメケは私に、その時の様子を語った。彼女が前の晩に洗って乾かそうと窓の所にかけておいた白い靴下を、張った紐から取ろうとして窓の所に姿を現すやいなや、早起きして彼女の部屋の窓の下をうろつき回っていた教師が、黄色い歯をむき出して、彼女に向かってお得意の女たらし的なジョークを飛ばしたのだ。彼女が慇懃で冷ややかに「おはようございます」と言っただけで、教師は窓の下で発情し、こう提案した。「お嬢さん、朝らしく少し肺を洗濯したくないですか？ 森の中にはオゾンが一杯ですよ」。彼女が頭を横に振って「いいえ」と言うと、彼は一人で去っていったが、その後一日中、快楽主義者的な顔に目をぎらぎらさせて彼女にまといついた。彼の脳には、自分で操ることのできる幾つかの考えが、いや考えではなくて会話用常套句が、巡っていたのだ。彼は時々彼女に近づいては、その常套句のうちのどれかを引き出して使ったが、失敗するとまた離れ、また遠くから目をぎらぎらさせて舌なめずりするように彼女を眺め、手に入れられない余所《よそ》の雌鳥の周りで毛を逆立てた雄鶏のように歩き回った。

彼女はその物語、その伝説を私に話した。それはまるで宗教カレンダーに出てくるような話で、売春宿で売春婦が客にするという打ち明け話のような話だった。それは、貴族の家での少女時代、転落と貧窮と惨めな売春の話だった。家族は戦後コシツェにとどまったが、父はハンガリー人に同化した体制擁護派の小官吏でファシストだったために、粛清されて失脚し、年金もなく、生きていく当てもなく、道路工夫や木こりとして働くにはあまりにも年老いて病身になっていた。そして母は、背中が曲がり、肉体労働を拒否していた。若い彼女はハンガリーのギムナジウムの六年生だったが、その学校は廃止されてしまった。そこへあの男がやって来たのだ。農場と葡萄園を所有し、ブラチスラヴァ[*1]でホテルを経営している、四十五歳の資産家だった。そして彼女は、家族を貧困や餓死や貧窮院での老衰から守るために、彼を受け入れたのだった。彼は横暴で、意地が悪く、視野が狭く、神も民主主義も人間の品位も何も信じておらず、ただ自分だけを信じていた。そして、自分の農場と葡萄園とホテルのために息子を欲しがった。けれども、民族的な偏見は持っておらず、彼女がハンガリー人でも気にかけなかった。二人に女の子が生まれると、彼は家を飛び出して酒に浸り、一週間彼女と口をきかなかった。それから彼女を殴るようにさえなった。彼が酔っているときに、農場に騒々しい連中が集まり、ブラチスラヴァやコシツェやトゥルチャンスキー・スヴァティー・マルチン[*2]から車がやって来て、彼の仕事部屋で会議が行われ、彼は民主党の党員になったが、彼女はそのことを気にとめていなかった。夜、彼が彼女に近づいて来て、地下倉庫のような臭いの息を吐きながら、彼にとってはおそらく快楽だが彼女にとっては苦痛と恥辱でしかないことを彼女に強いたとき、彼女は雄牛のような首筋と荒々しい息をしたその男を認識し、真実をも認識したのだ。彼女は別の男、結核持ちで後に死んだ庭師と知り合いになり、彼から神や霊力の発達や霊的生活や死後の生活についての本を借り始めた。そして彼女は理解するようになったのだ——ここでのこのすべては、悪の汚れからのとてつもない浄化の過程にすぎないこと、悪は物質であり、人間は物質から、肉体から、欲望から清められるのだということ、人間の目的は「魂」の中にあるのだということを。だが目的はそこにさえなく、

「魂」もまた物質的なものよりは高い一つの段階にすぎず、最終的な目的は神であり、神との融合であり、神の神秘的な愛と善が湧き出るあの無限の至福のレベルに、自分の自我を溶解させることだということを。

その後、夫は命を失った。二月事件[*3]の後、彼はホテルを没取され、それから農場を没取され、さらに投獄された。しかし逃亡して、ドナウ川を泳いでオーストリア側に渡ろうとしたが、そこで銃殺されてしまったのだ。彼女は役所にポストを得て、役所の事務を覚え、よい経理係となって、今は小さな娘の面倒を見ながら二人でコシツェに暮らしている。両親はもう亡くなった。彼女は娘を、自分自身が認識した真実に向けて教育しようとしている。

それから彼女は、その何冊かの本を私に貸してくれた。それは何か超心理学と神智学の雑誌を綴じたもので、私は、その中にあった、お守りの効果や、火星が近日点にある時に裸体に付けるとリューマチや出血から守ってくれるという銅の環の効力についての記事を読んでみた。そして私は彼女に、これほど精神を強調している人々が同時にこれほど熱心に肉体に気を遣うということを奇妙に感じませんか、と尋ねてみた。だって、これらの神智学的な指示のうちの四分の三は病気の予防に関係して

＊1　スロヴァキアの首都。
＊2　スロヴァキアの町。
＊3　一九四八年二月の共産党によるクーデター。

いるんですから。あなたはこれを全部信じているんですか、と聞いた。彼女は私に、存在のどの段階においても、神が与え給いた法が実現される必要があります、そして肉体的存在を律する法は肉体的健康への配慮を要求しているのです、と答えた。そして、それらの指示について言えば、あなたはそれを試してみてもいないのに、その効果を否定するというのは、あなたもまだ不完全で真実に逆らっているということよ、みんなが真実に抵抗するのだけれど、みんながいつかそれを知ることになるわ、なぜなら神は慈愛なのだから。そして、そう言いながら、彼女は目にあの不安の表情、眼差し、きらめきを浮かべていた。私が彼女から何かを奪おうとしていると、心配するかのように。——彼女がもう、それなしでは生きられないあの確信を。それなしでは未亡人としての存在の重荷、森の小動物のような存在の重荷を担えない、あの確信を。その目は、人間に、苛めないで森の自由の中に放し、その力から逃れさせてほしいと頼む、森の小動物の目だった。

教師は私に、彼女に近づいたかと尋ねた。私は、ある奇妙な力が働いて、自分が彼女を森の小動物のように捕らえていることを知っていた。その力は時として、これといった手柄もたてず、誠実な苦労もせず、自ら望んだわけでもないのに、好意と従順という単純で不可解な事実によって、男に女を捉えさせるのだ。けれども私は、別の場合のようには、素朴でエロチックで複雑ではなかったマルギトカの場合のようには、そのことを告白しなかった。それはまるで、ただ、私と彼女の間のどこかで、目に見えない神経の光の結合において、何かのドラマが成長しているかのようだった。彼女が抱いている絶望的な錯覚は、そのダンサーのようなほっそりした体や、魅惑的な顔と小さな胸や、誠実な仕事のできる人間的な創造力を、悪循環に陥った亡霊的な存在へと変えてしまっていたが、その絶望的な錯覚を取り除くことができる、なんらかの可能性が成長しているかのようだった。

教師は眉を顰《ひそ》め、唸り、ベッドがきしむほど、激しく体の向きを変えた。

ツアーの終わる二日前は雨が降ったので、参加者たちは卓球やトランプをしたり、食堂に座って、しばらく誰かにピアノをひかせたり、何かの話をしたりしていた。文化活動組織官は、昨晩の泥酔から醒めて、「フランス郵便局」という遊びにみんなを引き入れようとしていた。けれども、年配の夫婦一組しか説得できなかった。夫のほうは、パルドゥビツェ[*1]の衣料品店の元経営者、今は店長で、太鼓腹で、幅広のズボンを履いていた。妻のほうは太って、優しく、まだ五十歳で、メリーゴーランドに乗った十八歳の少女のように、ナイーヴな驚きの金切り声を上げた。彼女は昼食のときにいつも元気になったが、それは彼女が食いしんぼで卑しいからではなく、食べ物が人生で理解できた唯一ものだったからだ。それ以外のすべては、彼女にとって人生の霧の中にあった。その霧の中で彼女を導いてきたのは、数百年続く安全な因習の光だった。つまり、母親の最初の教訓、ダンス、両親が念入りに選んだ交友、求婚、結婚、日曜日の教会（けれども、もしも誰かが彼女に、例えば神学の基本的な概念についてちょっと尋ねたとしても、彼女は何も分からないだろう。彼女はただ単純に教会に通

*1　チェコの町。

い、賛美歌集の歌を非音楽的な金切り声のソプラノで歌い、跪《ひざまず》き、自分の胸を叩き、聖水に浸した指で十字を切り、子猫たちを聖別し、今は亡き母のためにレクイエムを捧げさせるのだった)、二、三人の子供の出産、キッチンだった。キッチンは彼女にとって安心の島であり、そこで彼女は、まるでヴァイオリンひきが脳ではなくて感覚によって四分の一音や八分の一音をも聞き分けるように、味と香りの絶対音感を持つヴィルトゥオーソに、女流芸術家に変身できるのだった。そんな変身を可能にするものは、彼女以外の人間が持っていないし決して持つことのできない何かであり、キッチンの母のもとで五年や七年習った結果ではなくて、天賦の才であり、不死の一部である何かだった。それは、人間の単純なありふれた能力や、幾つかの矮小な考えがのろのろと動くだけの不活発な脳や、脂肪だらけの心臓に加えて、人間に授けられるものなのだ(そういう心臓には、欺瞞と悪意の能力はないが、子供や夫や家族や人々や生に向けられる、動物的で獣じみた愛の能力だけはある。それに、生の霧の中で最初に目覚めた時から、道の両端を安全に照らしてくれる光の終わりにやって来る死を、諦めとともに受け入れる能力はある)。

それから文化活動組織官は、初めて郷里のジシュコフ*1の外で休暇を過ごしていた、市営公社「紳士用肌着」の模範的な労働者でオールドミスのお針子を説得した。彼女はこの一週間、何をしてよいのか分からず、話すこともなく、ずっと座ったり立ったり歩いたりしていた。というのも、彼女はここに知り合いが一人もいなかったし、また人生において知っているのは紳士用シャツのことだけで、一度も男との恋を知ることなく、シャツの散文とオールドミス的な夢の原始的な詩との間に呪縛されて生きてきたからである。それからもう一人は奇矯な若者で、彼は最初の三日間、お下げ髪のスロヴァキア人女性に空しく言い寄ろうとしていたが、彼女の方は、R・A・Fの元射撃手で、黒髪の技術職員の方を選んだ。彼はもう妻子持ちだったものの、くだんの教師がどうしても素人芸の域を超えられなかった例の芸を、その狭い枠内で到達しうる完璧さの頂点へと洗練させていたのだった。若者はいらいらし、意固地になって、縞模様の靴下と黒い絹のシャツを身につけたまま、娯楽室の頑なな孤独の中へ引きこもっていたが、今や、むっつりしてふてぶてしく、「フランス郵便局」のゲームに気乗り薄に加わった。それから最後に文化活動組織官は、つかみ所がない無口な男を説得した。彼はどうやらどこかの工場の職長だったが、誰とも一言も口をきかずに、その他の人たちと一緒に過ごしていた。彼らも、その一週間の格安か無料のレクリエーションをなんとか利用しなければならないという、ほとんど義務の感覚と、またそれをどうやって楽しんだらよいか分からないという困惑によって、揺さぶられていた。それはみんなが、慣れた過ごし方とは別なふうに時間を楽しむことができるという誤った思い込みに陥ったからだ。彼らは自分の仕事以外何も知らなかった人々で、彼らにとって仕事は空気や食べ物と同じように必要なものとなっていたのに、今や、仕事というものを一度も知らなかった昔の人々の生活に、つまり裕福な役人の妻や、士官や、医師や、相場師や、株主や、金

＊1　プラハの労働者地区。

持ちのどら息子や、テニスや日焼けするスポーツに耽る甘いブルジョアの娘たちの生活の中に、移されていたのだ。こういう昔の人々にとっては、暇が一日の中身であり、娯楽が自分のできる仕事だった。そして今、まだ二日酔いから醒めない文化活動組織官は、実績を上げているという見かけを保つために、自分の千二百コルナの月給を誠実に稼いでいるという幻想を保つために、ブラックコーヒーのカップを片手に、レクリエーションの重荷を負わされたこれらの人々とグループゲームを始めた。

教師は卓球室をぶらぶらし、邪悪な目で、緑色の卓球台を越え、ガラスの仕切りを通して、私がエメケと座っていた、羽目板を張った一角にあるコーナー・ベンチの暗い片隅を眺めていた。それから彼は、眼鏡をかけた自己流のプレーヤーと一ゲームやり、名手気取りのドライブとスマッシュをせかせかと打ったが、その大部分はネットにひっかかって終わった。それでもたまに成功すると、エメケが見ている時はいつも物欲しげな眼差しで彼女を刺した。そして、プールにいるのらくら者か監視員のような優雅さで、ロングショットを卓球台のずっと下で受け、眼鏡をかけた熱狂者を、この上ない憐れみの表情を浮かべて打ち負かした。相手は熱心にプレーし、成果を出すためにではなくてゲーム自体のためにプレーしたが、しかし才能がなく、部屋の隅のビリヤード台の下に落ち込むボールをたえず追っていた。

私はエメケと一緒に、ほとんど闇になっている、羽目板を張ったその一角に座って、グロッグ酒を飲んでいたが、エメケは中国茶を飲んでいた。なぜなら、人はアルコールを飲んではいけないからで、というのも、アルコールは人を、かつてそうであった獣へと引き戻し、人を肉体性の最低レベルに落とすからだという。彼女はパラケルススの治癒法について、人間の病気を引き受ける樹木について話した。指の腹にほんのちょっと傷をつけて、一滴の血を樹皮の傷に押し入れるだけでよい。そうすれば、木と人間との間に、透明で繊細この上ない物質でできた柔らかな繊維の絆が作り出され、それによって人間は、自分の体からかつて出たすべてのもの、抜け毛や、息や、切った爪と繋がっているのと同じように、永遠にその木と繋がることになるのだ。そして、その絆を通して、病気は木の中に流れていき、木は病気と闘ってそれに打ち勝つ。時として木が枯れたり干からびたりすることもあるが、人間は健康になり、力が強くなって生きていく。彼女は、悪霊の憑依について、聖水と祈禱によるお祓いについて、黒魔術と悪しき力についても話した。その悪しき力は、人間が至高者の七つの秘密の名前を書き込んだ二重の円の中心に立って、悪魔の詩編に記された祈りの言葉を、逆向きに、後ろから前に唱える勇気があるならば、人間に仕えてくれるのだという。彼女はまた、狼人間や、吸血鬼や、幽霊の出る家や、魔女の集会について話した。彼女の魂は、危険な世界を彷徨していた。人はその世界を信じずに嘲笑《あざ》うが、ひとたびその世界を知ると、その人の魂の中には常に恐怖と驚愕と怖れのひとしずくが残ることになるのだ。彼女は私のことを忘れてしまい、私は黙っていた。彼女は話し、その目は雨の灰色の光の中で、何やら熱を帯びた不健康で不自然な熱狂に輝いていた。私は黙ったままその目を見ていた。彼女はそれに気づいて、熱を帯びた光が消えた。すると私の中からも、この魔術的な雨の瞬間の、奇妙で邪悪な魔力が落ちた。私は皮肉なしかめ面をして、でもあなたはまさか黒魔術に身を委ねたいんじゃないんでしょうね、と言った。だってそれは凝縮された悪ですが、あなたは善に至りたいのでしょう。すると彼女は目を落として、今はもう違います、でも以前はそうだったんです、と言った。いつですか？——私がもうあのことに耐えられなくなって、神は私の言うことを聞いてくださらない、私を憎むようになった、という感じがしていた時です。そのとき私は、悪しきものに助けを求めたくなったのです、私からあの人を、あの人を取り除いてくれるように。——で、あなたはそうしたのですか？　聖別されたチョークで、その二つの円を描いたのですか？——いいえ。神が私を守ってくださったのです。今ではもう分かるのですが、神はたえず人間を試しているのです、そして多くの人はその試みに耐えられないのです。——でも、なぜ人間を試すのですか？——その人が、すべての肉体的なものからの解放という偉大な恩寵に値するかどうか、確かめるためです。もう準備ができているかどうか。——でも、人間は神に創造を頼んだわけじゃありません。どういう権利があって、神は人間を試すのですか？——神には、あらゆることをする権利があるのです。なぜなら、神は愛だからです。——神はこの上なく慈悲深いのですか？——それそうです。——じゃあ、なぜ人間を創ったのですか？——人間を愛していたからです。——じゃあ、なぜ人間を創ったのですか？　なぜ苦悩に満ちたこの世に、人間を送り込んだのですか？——人間が神の愛にふさわしいかどうか、試みるためです。——でも、そもそものことによって人間を苦しめているのではないですか？　人間を愛しているのなら、なぜ最初からそっとしておいてくれなかったのですか？　あるいは、人間を創るというのなら、なぜすぐに完全な人間を創らなかったのでしょうか？　即座にその至福に至れるように？　物質から魂へと向かう巡礼のこの苦難全体は、なんのためなのですか？——ああ、あなたはまだ不完全だわ。真理に逆らっているわ。——逆らってなんかいませんよ。そうじゃなくて、証拠が欲しいんです、あるいは少なくとも論理がね。——論理もまた神の創造物です。——じゃあなぜ、神自身がそれに従わないのですか？——神はそうしなくてもよいのです。いつかお分かりになるでしょう。すべての人はいつかそれが分かって、すべての人が救われるでしょう。悪は最後には消えるでしょう。でも、お願いですから、もうその話はしないでください、と彼女は言い、その目には再び、森の自由という自らの唯一の確かさを失うことを心配する、あの森の小動物の表情が現れた。私はその話をやめて、ピアノの方へ行った。エメケはピアノの蓋によりかかり、私は〈リバーサイド・ブルース〉をひき始めたが、彼女はその曲が気に入った。それから私が〈セント・ジェームス病院〉を歌っていると、卓球室の光と闇の中から教師がやって来て、エメケの後ろに立った。私は歌った。

I went down to Saint James Infirmary
For to see my baby there
Stretched out on a cold white table
So sweet, so cold, so fair.

僕は、セント・ジェームス病院に行った。
僕のかわいい女《ひと》に会いに。
彼女は、冷たく白い台に横たわっている。
かくも甘く、冷たく、きれいに。

そして、慟哭に至るほかない、その人間の根本的な悲哀、永別するカップルの悲しみから直接に生じた五音音階のメロディーが、彼女の心に滲み込んで、エメケは、きれいな歌ね、と言った。どういう歌なの？――黒人のブルースだよ。――そう。黒人は、とても霊的な人たちだそうね。黒人が霊歌を歌うのを、レコードで聞いたことがあるわ。職場の同僚が、アメリカのレコードを持っているのよ。――そう。黒人は官能的で、怪物じみているんだ。でも、すごく音楽のセンスがあるんだ。――そう見えるだけでしょ。霊的な人たちなのよ。――私はピアノの演奏を続けて、歌った。私が演奏を終えると、教師が言った。「畜生、何かイキのいいのをやってくれ、何かブキブキいう奴を、俺たちがちょっと踊れるように、ねえ、お嬢さん？　こりゃ退屈この上ない暇潰しで、レクリエーションなんてもんじゃない！」するとエメケは笑って、ピアノをひかせて、と言い、ピアノに座って、確かな、自然に調和する指遣いで、ゆったりしているけれどもリズミカルな歌をひき始めた。黒人の歌の中に間違いなく響くブルーノートのように、彼女の中には、ハンガリー音楽の律動であるチャルダーシュの動きが、はるか遠くから間違いなく響いていた。そして彼女は、羊飼いの木笛のまっすぐな音のように響くアルトで歌った。それは、調子を変えることも、音を強くすることも弱くすることもできないけれども、確かで、まっすぐで、原始的な美しさを持っていた。それから彼女は、硬くて甘いハンガリー語で、悲しくもなく楽しくもなくて絶望的なだけの歌を歌った。彼女の顔は赤らみ、その歌はもう、チョークで描いた二重の円に入った黒魔法使いのしゃがれ声ではなく、草原の羊飼いの叫びだった。そういう羊飼いは、魔女の集会についても黒ミサについても何も知らず、自然に生き、羊のチーズと乳を糧とし、木小屋で眠り、幾つかの迷信を知っているが、それを至高者や悪しき者と結びつけることはないのだ。そして人生で一度、抗しがたい願望に捕らえられて出ていき、あの絶望的で、憧れに満ち、まっすぐで、調子を変えない、大声の歌を、その調子を変えない、甘く硬い言葉で歌って、連れ合いを見つけ、彼女と一緒に別の羊飼いを生み出し、チーズと乳清を食べ、夜の焚き火と共に、自分の掘っ立て小屋の中の獣皮と木炭の臭いの中で生き続けるのだ。そのとき私には、こんな考えが浮かんだ――好色な教師のあの下卑た言葉が、魔術のように、実体のない霊の世界から彼女を解き放ったのだ、あの歌は彼女の中にある大きな肉体性から生じているのだ、と。けれども私は、彼女を解き放ったのはただ教師の言葉だけで、教師そのものではないということも分かっていた。そして私は突如として、彼女のドラマが向かっていたカタルシスを理解し、彼女の人生における悪しきものは、あの四十五歳の獣のような男、彼女を危険な影の世界へ、あの非現実的で恐ろしい観念の世界へと追いやった、ホテルと農場の所有者であった、ということを理解した。そして彼女は今、至高のもの、善、愛を探しているのだ、霊的で非肉体的な神の愛を探しているのだ。でも、もしかすると、ちょっとしたことで、あれはひっくり返るかもしれない。あの怪しげな超心理学の週刊誌に見られる、倒錯した象徴体系全体は、魂の奇妙で理解しがたい反転によって、あるいはむしろよく理解しうる反転によって、ひっくり返すことができるのだ。つまり、あの善きもの、至高のものには、私自身が十分になりうるのだ、もしかすると、彼女はまだ認めていないが、もう私はそれになっているかもしれないのだ、彼女はまだそれに気づいていてもいないのだ。けれども、もしかすると私はもう、人間の潜在意識という、あの深い未知の地下室の中で、そうなっているのだ。少なくとも、私はもうそれになりつつあるのだ。私はあの物語を、あの伝説を、今一気に変えてしまうことができるかもしれない。私は実際に至高のもの、創造者になり、ゆっくりと確実に狂気の星雲の中へと去りつつあるあの美しい影から、人間を造り出すことができるかもしれないのだ。彼女の脳はまだ、彼女が辿っている曖昧な観念の盲目のレールから戻って、具体的な事物の確固たる道に再び入ることができるが、それももう、猶予を許さない。じきに、あの雲の薄闇の中に消えてしまうだろう――確固とした地面から離れて、その後それ自身の法則に従って不条理な高みの奈落へと飛んでゆき、重力の法則を知らず、つまりその基本的な法則に由来するものを何も知らないのに、自らの真実は知っている雲の中に。その真実は偽りではない、なぜなら、それは単純に別世界であり、それとこの世界との間には相互理解が存在しないからだ。そして少女は女性になり、女性は老婆になり、皺の網に包まれて、その世界の中に閉じこもる。そして彼女の子宮は無駄になり、この世からあの世――それについて我々は何も知らず、それはおそらく無である――に通じるゴシック風の廊下を吹き抜けるすきま風の中で、魂はゆっくりと、老人の声の悲しい連禱になっていくのだ。

「すごいや、お嬢さん!」と、彼女がひき終えたとき教師は言って、手を叩き始めた。「こんどはチャルダーシュか何かやってくださいよ、ねえ?」彼女は笑って、本当にチャルダーシュをひき始めた。全身でリズムを強調し、目を輝かせたが、さっき羽目板を張った一角にいた時の、熱に浮かされたような影はなかった。教師はピアノから少し離れて、知ったかぶりにチャルダーシュのまねごとを踊り、何度か歓声を上げた（けれども、全くリズムから外れた歓声で、その上リズムから外れて足を踏み鳴らした）。エメケは歌を歌い始め、教師はピアノの前の床で滑稽にくるくると回った。彼女の歌は、「フランス郵便局」に興じるグループや、卓球室でスポーツに励む若い男女をも惹きつけ、娯楽室は活気を帯びてきた。私はまたピアノの前に座って流行の曲をひくことになり、何人かの若い男女や教師とエメケは踊り始めた。エメケは様子が変わった。灰色で神秘的な繭から出て来た色鮮やかな蝶の翅のように、殻から抜け出した。そして、それこそがエメケだった。伝説ではなくて実際のエメケだった。あの原始的で潜在意識的な教師が、無意識のうちに、原始的なやり方で、深みに隠れた心と彼女の未来に至る正しい道を見つけたからだ。けれども、その道とその未来は、教師には割り当てられていなかった。というのも、彼にとっては彼女の未来など問題ではなく、短いレクリエーションの一週間という現在だけが、みだらな享楽と彼に残るはずだったみだらな思い出だけが、問題だったからだ。その道を行くべきなのは私だったが、私は自分自身の人生の道をもうあまりにも遠くまで来てしまっていて、よく思案することもなしに未来に飛び込むことはできなかった。私は、元の位置に戻ろうとしない黄色い鍵盤を叩いて、次々と流行歌をひきながら彼女を見ていた。すると突然私は、教師と同じように、細く引き締まったその体が、調和を乱していないその胸が、欲しくなってきた。けれども私は、そのすべてがとても、とてもややこしいことを知っていた。それには処方箋があることは分かっていた（教師ならきっと、それをこう宣言しただろう——あの女と寝ろよ、そうすりゃすべてが解決するさ）。私は、結局のところそれが正しい処方箋であることを知っていたが、その目的、その肉体的な行為には、教師の紋切り型の近づき方よりもはるかに繊細で複雑なものが先立たなければならないこともまた、分かっていた。そもそも問題はその行為ではなくて、それが呈示する絆であること、その行為自体はその絆の確認にすぎないこと、人々が生と死に対抗して結ぶ結合の確認にすぎないこと、私が成しうるかもしれない創造の業《わざ》が付ける徴《しるし》にすぎないことを知っていた。けれども、私が欲したのはその業ではなく（それは人生の何年をも意味するだろう。そして何年も経てば、おのおのの魅惑もついには過去の光景に溶け去って、ただの現在、日常だけが残ることが分かっている）、その体、特別なレクリエーションの快いアヴァンチュールであり、少女のような太腿の付け根にある、女らしい子宮だった。もちろん、もしも私がそれを得たならば、彼女の人生全体をも引き受けるのでなければ、彼女を破壊してしまうだろう。そしてエメケが教師と踊り始めるとすぐに私は、彼を、あの人間ではなくて単なる性交の総計を、心底憎み始めた。そして、エメケがあの男と踊っていること、つまり、ついさっきまでエメケが私にそう見えていたような女性ではないことで、彼女に対して男としての原始的な怒りを覚えた。私は、絶望的な願いから創り出されたあの彼女の世界に同意していなかったとはいえ、教師の世界よりはそのような世界の方がましだった。

だから私は、その後で、夕食に向かう途中の階段で彼女に出会ったとき、なぜあれほど教師に注意を払うのですか、だってあれは全く下等で肉体的な男じゃないですか、と皮肉を込めて聞いてみた。するとと彼女は、分かっているわ、彼は肉体的な人です、彼が可哀相なのです、と無邪気に言った。あの人みたいに哀れな人たちには憐れみをかけなければならないのよ。そこで私は、私のことは可哀相ではありませんか、だって私も肉体的な人間なんですよ、と聞いてみた。あなたは完全にそうではありません、と彼女は言った。あなたの中には少なくとももう、霊的な事柄への関心があります、あの人の中にはないですけど。突如として彼女はまた、教師と一緒にいた時とは全くの別人になっていた。彼女の顔には再び、別世界からのあの雲が漂って来た。彼女は修道女のように上《うわ》の空で食卓に着き、教師の好色な眼差しにも、今まで恋心を傷つけられた男の孤独という役割にしがみつきながらもその勢いが衰え始めた奇矯な若者の眼差しにも、気づかなかった。

それから夕食後に、文化活動組織官が、八時半に短編映画の上映会を行うと宣言した。エメケは部屋に去り、私は庭に出た。庭は湿っぽくて黴《かび》臭く、荒涼としていた。私は、雨に濡れて朽ちたベンチに座った。向かいには小人の像が立っていたが、その顔は雨に傷み鼻は潰れていて、私のおじいさんがいつも吸っていたようなパイプをくわえていた。おじいさんもまた自分の庭に、こんなパイプをくわえた小人の像と白い城を置いていたが、その城にはたくさんの狭間胸壁と小塔がつき、窓には本物のガラスがはまっていた。そして春が来るたびに、城のブリキ製の屋根を、赤いペンキで丁寧に塗るのだった。というのも、彼は（七十歳の老人だったが）たぶんずっと、ある観念に胸を高ぶらせていたからだ。それは、私も小さい頃にその城を見るとわくわくしたし、今でもまだわくわくするのと同じ、こんな観念だ。――それは本物の城なのだ、縮小されて小型になっているけれども本物なのだ。一センチずつの階段を、たぶんいつか、ガリバーの国からやって来たかのような、三十センチの人間たちによる国王行列が登って行くのだ。ガラスの小窓の向こうには、その城そのものと同じようにリアルな、小部屋や宴会場があるのだ。あるいは、親指トムのお伽噺《とぎばなし》だ。私は、自分が親指トムになって、小さな車に乗ってネジ巻き式時計の機械の中をドライブして楽しんだり、風呂場の湯船の中で船尾に何かの化合物を注いだ小舟に乗って、エナメル塗りの湯船の中のミニチュアの海を静かに規則正しく航行したりするのを、夢見たものだ。私は、粘土でできた小人の、潰れた好色そうな赤ら顔を見た。それはある部分において私であり、三十歳の、いまだに独身で、既婚女性マルギトカとの関係に巻き込まれている私自身だった。もう何も信じておらず、何もあまり真面目にとらず、世界にも人生にも政治にも栄光にも幸福にも、すべてに裏を見て、無力ゆえに孤独なのではなく不可避的に孤独で、かなり成功して給料が良く、大体健康で、人生において何かに驚く可能性、つまりまだ知らない何かを暴く可能性がなく、老化によるちょっとした不快の徴候が出てきている年齢、人がまだ子供を期待できる最後の期限内に結婚するような年齢だが、生まれて成長する自分の子供たちもまた世間を見抜いて物事の裏を見るようになる、そんな私自身だった。けれども彼女はきれいで、まだ若く、一人の子持ちなのだ。ハンガリー人女性、つまり比較的目新しくて、比較的未知だが、それでも齢《よわい》を重ねて、二十八歳で、子供がいる。それは全く別の生活を意味するだろう。彼女はチェコ人ではなくてハンガリー人で、あまり知的ではなく、あの超心理学の狂気に蝕まれ、何やら神々しくて、拒絶的で、他人を自分の信仰に引き入れようと努めていて、レクリエーションのアヴァンチュールにはもってこいの対象で、それ以上の何物でも、何物でもないが、あの森の小動物のすごい目をしていて、世界に対するあの強い自己破壊的防衛反応をもっていて、神秘的な迷信の霧の中にいる。それは生死の問題であって、暑い晩や、横たわるのにいい柔らかな畝《うね》や、幾つかの専門的な言葉の問題ではない。それは、夏の願望とレクリエーション週間の気分がうまく結びついて生じた、不安を投げ捨てるのにちょうどよい機会の問題ではなく、危険を冒したいという意志や、自分を何者かに委ねてしまいたいという意志の問題でもない。それは人生全体の問題、愛か自己犠牲の問題であり、そうでなければ、神秘の霧の中での死の問題、円卓の周りに集まって自らの観念が作り出した霊を地上に呼び出そうとする真夜中の仲間たちの精神医学における死の問題だ。その仲間たちは、この二十世紀に、森の幽霊や、癌を治すカエルの毛の力を信じる人々であり、地獄の詩編を書き写し、悪魔に魂を売り渡す中世人の恐ろしい黒祈禱文を逆さまに唱えて祈る、萎れた中年や奇人や精神病質者たちのグループだ（悪魔に魂を売り渡す者は、自然死を遂げるのではなく、悪魔によってずたずたに引き裂かれ、肉や筋や骨のかけらや、折られた肋骨や、えぐり取られた目や、へし折られた歯や、引き抜かれた髪や、皮膚のかけらから魂を抜き取られて、地獄の灼熱した永遠の腐敗場へと運び去られるのだ）。あるいは彼らは、死がそもそも至高で永遠の至福により近くてより完全な生のレベルに入る門であるので、実のところ望ましいものではあるものの、敬虔な祈禱文を唱えて祈り、肉を口にせず、たえず不動で祈り続けることや、銅の輪を体に押しつけ聖人の絵に接吻することから生じた病を癒そうとする人々だ。それはそのような問題であり、一夜の問題ではなくて、長年にわたるすべての夜の問題であり、いや、そもそも夜の問題でなくて昼の問題であり、お互いの配慮や、夫婦の愛や、死が二人の人間を引き離すまで良きものと悪しきものに耐えるという問題である。その女性、そのエメケという女性の問題は、そのようなものだった。

けれども、その後で私が暗いホールに座り、文化活動組織官が（投影機を動かそうと何度か空しく試みた後、そして、たぶんどこかの工場の職長である無口な男が世話をして、ネジと伝動装置を調節し、投影機がブーンという音を立てて動きだすとやっと）小さなスクリーンに、可能な限りのつまらなさを正確に計算した何かの映画（それでもそれは人々を楽しませた。というのも、それは短編映画用の投影機だったが、その機械が彼らのすぐ後ろでうなっていたからであり、そして彼らはここで一週間のレクリエーションを過ごしていたからだ）を投影して、部屋が煙草の煙の漂う薄闇の中に没すると、私はエメケの温かくて柔らかな手を取った。というのも、明日はもうレクリエーション・センターでの滞在の最終日で、私は何かをしなければならなかったから、あるいは少なくとも、レクリエーション・センターで若い独身女性や未亡人や人妻を誘惑したいという本能――あるいは社会が育んだ必要性――に、屈したからだ。私は一緒に外へ散歩しに行こうと誘った。彼女は同意し、私は立ち上がり、彼女も立ち上がった。彼女が私と一緒に部屋から、建物の前に射す八月の夜の光の中に出ていくとき、私は投影機の明滅の中で、彼女を目で追っていた教師の視線を感じた。

私たちは、畑の間の白い夜道を歩いて行った。両側にサクランボの木と白い境界石があり、草地の香りと、草や枝に潜む無数の小動物の声がした。私はエメケと腕を組んだが、彼女は逆らわなかった。私は何か言おうとしたが、何も思い浮かばなかった。私が言えること、言ってよいことは何も思い浮かばなかった。ありふれた八月の夜の雄弁――レクリエーションに来たいかなる女性も、話し手が我慢できるくらい若い男で、あまりにも醜男でなければ、こんな夜に聞くのをまんざら嫌がりはしないような雄弁――の堰を切ることを、良心の呵責が私に許さなかったのだ。なぜなら私はまた、あの生死の問題を意識し、彼女は他の少女たちとは違って、より深く、より遠い存在だということを意識したからだ。私が立ち止まって、「エメケ」とだけ言うと、彼女も立ち止まって、「はい？」と言った。それから私は彼女を抱いた、あるいは抱こうとするような動きをした。けれども、彼女はその未完の抱擁をすり抜けた。私はもう一度試みて、彼女のほっそりした、とてもしっかりした腰の周りに手をやり、彼女を自分の方に引き寄せた。けれども、彼女は抜け出して踵《くびす》を返し、足早に去っていった。私は急いであとを追った。再び彼女と腕を組んだが、彼女は逆らわなかった。エメケ、怒らないで、と私は言った。彼女は頭を横に振って、怒ってなんかいないわ、と言った。でも、本当に？――本当よ。ただ、がっかりしたわ。――がっかりだって？――そうよ。あなたは違うと思っていたのだけれど、違わなかった。ほかの男たちみんなと同じように、あなたも肉体に支配されている。――そのことで僕を怒らないで、エメケ。――怒ってないわ。――男たちはたいていそんなだって、分かっているわ。あなたの罪ではないわ。あなたはまだ完全じゃないのよ。あなたはもう道を進んでいると思ったのだけれど、まだ道の上にいないわ。完全に道の上にいるわけではないわ。――それであなたは、エメケ、あなたはもう、あなたはもう、肉体的なものすべてから完全に離れたのですか？――そうよ。――でも、あなたはまだ若いじゃないですか。あなたはもう結婚したくないんですか？――彼女は頭を横に振った。――男はみんな同じね。誰か、一緒に暮らせるような友達のような人を見つけられるかもしれないと思っていたのよ。でも、それはただの友達で、肉体的なものは何もなしよ、私にはそれがおぞましいの。いいえ、私はそれを軽蔑しているわけじゃないわ。肉体的な人たちがそれを必要としているのは知っているし、それ自体が悪いことだというわけじゃない。でも、それは悪いもの、不完全なもの、肉体、物質から出て来るものよ。そして、人間は霊に向かうものなのよ。でも私は、今ではもう、そんな友達を見つけられるとは思っていないわ。だから、独身で、娘と一緒にいたほうがいいのよ。——彼女はそう話し、その顔は、八月の夜と星と月の明かりの中で乳白色に見えて美しかった。私は言った——そんな友達は見つけられないでしょう。あなたには無理です。そんな友達になれる男は、あなたにあの本を貸してくれた、あの肺病病みの庭師くらいでしょう。だって、彼はもうできなかったからです。——あの人のことをそんなふうに言うのは、やめてください、と彼女は私を遮った。お願いだから、そんな人間にならないでくださ い。——でも真面目な話ですよ、エメケ。一体、あなたは決して男性を願望することはないんですか? つまり、あなたくらいの年齢で、あなたくらい美しい女性たちが願望するように? どこかの不幸者か身障者でもないのに、あなたにあれを求めないような男友達を見つけられると、真面目に思っているんですか?——ああ、それは願望の問題じゃありません。人は誰でも誘惑にさらされます。でも、それに打ち勝たなければならないのです。——でも、なぜ、なんのために。そういう願望は、ただただ肉体的なものにすぎないとは限りません。それは愛の、合一への願望の表明でもありえます。人間が愛から生まれる限り、それは大部分の人間にとって誕生の始まりにあるものです。あなたは自分の娘を愛しているじゃないですか。なのに、なんで、もう子供を作りたくないなどということがあるでしょうか？　そして、あなたならきっと、子供を作ることができるでしょう。あなたは、そのすべてを自分から放棄しようというのですか？——放棄ですって？　すべては神の意志です。——でも、神はなんだかあなたの邪魔をしているようですね。神は、他の人たちよりも多く、あなたに与えましたね。あなたは若くて、きれいで、健康です。すべての男があなたの最初の夫と同じような人間であるわけじゃないし、すべての結婚がそういう理由から為されるわけじゃありません。あの結婚の肉体的な面は愛の一部だとはいえ、それだけのためにというわけでなく妻を愛する夫がいます。——それは真の愛の一部ではないわ。真の愛は、魂の愛です。——それなら、どうしてあなたは子供を持とうと思ったりしたのですか？　それとも、あなたは子供に反対なのですか？——ああ、いいえ。子供たちは無垢で、愛を必要とします。けれども、罪を負わされます。そして、女性は子供をこの世に産み出す時に、その罪のために苦しまなければならないのです。——それは答えになっていません。そして、それは別としても、出産は今では無痛分娩にもできます。でも、そもそもあなたは、子供が生まれて来るということに賛成なのですか？　そもそもそれをやめてしまって、罪か何かの結果や、物質と肉体の重荷を負ったものを、たいていの人間がそういう存在だとすれば、そういうものを次々とこの世に生み出すことなんかしない方がいいんじゃないですか？——いいえ。人間が生きることが、神の意志なのです。神はその無限の慈愛において、すべての人間が救われることを欲しています。そして、いつの日か、みんなが救われるでしょう。——でも、その「みんな」というのはなんでしょうか？　それにいつ、みんなは救われるのでしょうか？　つまり、「みんな」が「今この世にいるみんな」となるように、それをやめた方がいいんじゃないですか？——ああ、違います、違います。違います。あなたはそれを理解していないのです。——あなたの方こそ理解していませんよ。あなたは自分で自分が分かっていないのです。あなたは矛盾だらけです。あなたは、ご自分の神秘的な体系にある一つの問題を、一つの論理的なひび割れを解決していません。——ああ、論理ってなんですか？　学校の科目にすぎないでしょ。——いいえ、すべてです。あなたはすごく私の気に入ったということも、私があなたを好きだということも、私が……。——そんなこと言わないでください、と彼女は言った。そして、そのことによって彼女は、彼女の場合には撤回できない運命的な言葉を、取り消したり忘れたりできる単なる口約束ではなくて完全に意味を持つ言葉を、最後に言わざるをえないという不可避性を、私から取り除いた。なぜなら、それは彼女、エメケだったから。その物語、その伝説、その詩、その過去、その未来だったから。

私たちはちょうど、レクリエーション・センターの建物の、灯りのともった入口の前に立っていた。彼女は夜の森の影を見ていて、その目には、もうあの森の小動物の表情ではなくて、自分にかけられた古い呪いと闘う女性の表情があった。その呪いは自分の劣等性の原因でもあり、生命を与える価値の内容でもあり、たとえ最後にはあの苦しい事があって、それからもしかするとシングル・マザーになってしまう不面目や、心配や、太って魅力と人生とすべてを失う危険などがあるとはいえ、それは赤い一波によって自分の脳と思考と均衡をも狂わせてしまうものだった。それでもその呪いは女性を征服して、女性は今までいつもそうしてきたしこれからもきっとそうするように屈服し、そしてその呪いから新しい人間が生まれるのだ。おやすみなさい、とエメケは言って、私に手を差し出した。エメケ、そのことを考えてみてください、と私は言った。おやすみなさい、と彼女は言って、ホテルの中に姿を消した。階段の上に彼女のほっそりした足が見えたが、その後もう何も見えなくなった。私はまだしばらくホテルの前に立っていて、それから自分の部屋に帰った。

教師はベッドに横たわっていた。ズボン、シャツ、下着、靴下、すべてが、乾かすためにイスの背もたれとベッドの頭板に丁寧に架けてあった。眠ってはおらず、邪悪な目で私の様子をうかがっていた。「それでどうだった?」と、彼は言った。私は彼に答えず、ベッドに座って服を脱ぎ始めた。教師は、干からびて黒ずんだ二つのイチジクに似た目で、私を観察していた。「なんてこった」と、彼は言った。「勃起したままで寝ようっていうんじゃあるまいな?」くだらない、と私は言って灯りを消し、ベッドに横になった。しばらく静かだった。それから教師が言った。「おれには、あんたが相当な阿呆に思えるよ。女とできないなんて。白状しろよ!」おやすみ、と私は言った。窓の向こうで、悪夢に夜の眠りから醒めた雄鶏が鳴いた。

お別れパーティーのとき、私は赤ワインを飲みながら、体にぴったりとフィットした夏服を着たエメケを見ていた。その服は、白い襟が付いていて腕がむき出しになったもので、彼女くらいの年の似たような女性たちが着るような服だった。レクリエーションの参加者たちは、私が座って飲んでいるのを見ると、次第に大胆になって彼女をダンスに誘った（それ以前には、彼らにはその勇気がなかった。なぜなら、レクリエーション週間の法に従えば、私と彼女はペアであり、このような一週間ないし二週間のグループにとっては、そういう結びつきは神聖なものだったからだ）。だからエメケは、ある時は、それまではほぼしらふでいた文化活動組織官と一緒に、またある時は、もう反抗をやめたけれどもまだレクリエーションの残りを利用する可能性（つまり、一行の中の四、五人の若い女性のうちの誰かを利用する可能性）を諦めたわけではない奇矯な若者と一緒に、またある時は、衣料品店の太鼓腹の店長と一緒に、ずっとダンス・フロアーにいた。店長の太った妻は、既婚女性の愛に満ちた眼差しで——つまり、嫉妬など思いも寄らず、性的な魅力に満ちた若い女性を、欺かれる女という宿命を負わされた神秘的な妹のようなものとして見る、既婚女性の眼差しで——彼女を見ていた。エメケはまたある時は、ジャズ・バンドのリーダーやその他何人かのメンバーたちと一緒にいたが、彼らは雑談をする以外には一晩中自分の譜面台の向こうの持ち場を離れず、ヴァイオリンを手離さなかった。私は、もう三杯目の赤ワインを飲みながら座っていた。というのも私は、特別な優柔不断さに取り憑かれていたからだ——今に至るまで責任感は持ち合わせているものの、あまりにもこの時代の人間であるので、無関心や軽薄や無責任に簡単に打ち勝つことはできない人間が持つ、特別な優柔不断さに……。

ワインが次第に私の頭に上ってくると、エメケは、ダンス・フロアーにいるエメケは、そこにいる五、六人のほかの若い娘たちとは全く別に見えた。その違いは、すべての女性たちの中で一番魅力的で、若々しくて、それにもかかわらず成熟しているということだけだ。子供の魅力を、平板で面白みのない成熟の美しさか、それとも若い女の魅力、婚約期と最初の十全で自然な繁殖期に現れる女性的な魅力に取り替えるかどうかをまだ決められない、十七歳の顔の不完全さは、彼女にはない。エメケはほかの若い娘たちと同じように笑い、深いアルトの笑い声を立て、鳥が歌いミツバチが巣を作るように踊ることのできる女性たちが持つ、当然の確信をもって踊った。踊り子の体は、八月の夏服の薄い生地の下にあり、彼女を見ていると、その絶望的な魂に対する優しさや憧れや同情と、その肉体や胸に対する願望が、ワインで強められて私を揺さぶった。そしてついに、ワインが私から理性と分別のあらゆる軛《くびき》を奪った。女は呪いを使い、男は呪いの代わりに酒を使うが、その酒は、父性や夫婦関係やキャリアや全人生を、ほんの一瞬の欺瞞のために危険にさらすものなのだ。ホールのどこか暗い片隅から、化け猫のように目をぎらぎらさせながら教師が出て来た。彼女より頭半分小さく、サテュロスの好色的な顔つきだけを持っていて、サテュロス的な神話性を欠いている好色家《サテュロス》がエメケを踊りに誘い、その体を彼女の体に押しつけて踊るのを見ると、ついに私は立ち上がり、酔った勢いを込めた素早い足取りでフロアーに飛び込んで、エメケを教師から奪って輪から引き出した。私は朝から彼女とは会っていなかった。一日中私は自分の部屋の中にいた。教師は部屋からそっと出ていったが、私は部屋の中にとどまって寝ていて、あの若い女性のこと、あの開かれたすべての可能性のこと、自分のためらいと優柔不断のことを考えていたのだ。けれども、今私は彼女と一緒にいて、昨日と同じように彼女の腰の周りを抱いている。そのとき彼女は、私からすり抜けることはしなかった。そして私は頭にワインが回り、彼女の目からは神秘的な柔和さが消え、人工的に殺された情熱の代わりに現れる修道院的な諦念が消え、草原の上に輝く星座のようなハンガリーの若い女性の目になった。そして、彼女が昨日古いピアノの鍵盤を叩いたリズムが、今や、ほっそりした足に流れていて、腰のところで愛の前奏の円運動に変わっていた。

教師は、小グラスに入った白ワインが置いてあるテーブルの方に引っ込んで、田舎のダンスパーティーで出る酸味のある液体に唇を浸していた。その匂いは、酒場の裏の香る庭で、熱い囁きや快楽の喘ぎや鼻息と共にぞんざいにやられる、愛にあらざるものの匂いだった。あるいは、気の向いた子宮が不足しているときは、その愛にあらざるものは、刺すような悪臭を放つ酒場の便所のタール塗りの溝に流れ込み、そこから汚物溜めに、さらにそこから地面に流れ込むあらゆる水と同じ運命をたどる。大地は、その愛ならざる汚物で濁った水を浄化し、それを再び谷間の泉の水晶のような流れに変えるのだ。教師は、どんよりとして、邪悪で憎しみに満ちた、血走った目をダンス・フロアーに向けて、私がそのハンガリー人女性と踊るのを、のけ者の目で追っていた。彼は、私が若い独身者で、プラハから来た知識人であり、断片的な知識をうろ覚えにため込んだ人間であることを知っていた。そういう知識の山は教養人という印象を与えるものであり、彼もまた、そういう印象を与えようと努めていたのだった。そして彼は夜に、レクリエーションに集まった田舎者の社会について、馬鹿な女工たちについて、自分の名前もろくに書けない錠前屋について、軽蔑的な物言いをし、不平不満さえ言った。ところが、彼自身にしたところで、ハプスブルク帝国時代の遺物である醜い字体で自分の名前を書く以上のことは大してできないことには気づいていなかった。彼が知っているのはせいぜい、四則計算と比例法則、それからチェコ史のあらましだけだった。それも、かつてはブルジョア的で理想主義的な英雄と民族精神の歴史として、英雄的・愛国主義的形態において丸暗記させられ、今では理解しがたいマルクス主義によって混乱させられている、歴史のあらましだけだった。それから彼は、いくつかの顕花植物と隠花植物を見分け、地上のありふれた動物相を哺乳動物と鳥と脊椎動物に分類することはできるが、進化の不可逆性に関する「ドロの法則」や、亀の甲羅がたどった驚くべき進化や、半ば伝説的な始祖鳥については何も知らない。そして、ブロントサウルスには脊椎に神経中枢が二つあった、つまり二つの脳があったと言っても信じず、たとえいくらか信じさせることができたとしても、それを不適切な冗談に変えてしまう。それでも、傷んだ机に座って鼻水を垂らした子供たちを前にして、とてつもない学識を持ったような顔をして、イギリスの学者ダーウィンによれば人間は猿から進化したと講釈するのだ。そして一生の間、六歳から十一歳までの生徒たちや、土曜日に酒場で出会う憔悴した農民たちや、田舎の蹄鉄工たちといった自分の周囲の人間に対して、知的優越にひたることに慣れているのだ。彼は誇大妄想的な教師の脳の中で、一度もこんなふうに考えたことがない——鉄槌の重さに慣れた蹄鉄工たちの手は、生徒日誌の狭い欄に毎週保護者の署名をするときにページ全体を油で汚したり、あらかじめ印刷された小さな欄から歪んだ署名を大きくはみ出させたりするけれども、その手はまた、フライスカッターや旋盤の繊細なメカニズムをマスターして銀色に輝くボルトやナットを作ったり、洗浄液やオイルの乳色の流れを追ったりしているということ、そしてそのことは、子供たちの自然な文章表現を赤インクで修正して良きチェコ語文体なる画一的な歪曲物へと変え、「a（そして）」の前にはコンマを打つものではないという根絶し難い潜在意識的な確信を生徒たちの魂に植え付けることよりも、より難しくはなくても同じくらい難しいということ、より功績があるというわけではなくても同じくらい功績があるということ、そしてきっとはるかに美しいということを。

　彼は、私の教養が――単に見かけをつくろった無教養であり、理論物理学者や天文学者や古生物学者や化学者や実験病理学者になる一パーセントの人間を例外として、高校卒業試験に合格した九九パーセントの人間が犯す知的な欺瞞であるとはいえ――彼の教養よりも大きくて印象的であることは分かっていた。私のジャケットもプラハの良い仕立屋が縫ったものであるのに対して、エメケよりも頭半分ほど小さい彼のずんぐりした体は、いかなるモードにも属さず決してモードではない裁ち方の休日用の服の中にはまっていて、曖昧な菱形と水玉模様のパターンが永遠に繰り返されるネクタイで補足されている。そのために彼は、より弱い立場で、押しのけられ、ハンディを負った者の邪悪で無力な目で、フロアーで踊る私とエメケを追っているのだ。

　長いこと私たちは話をしなかった。私は、若い女性の内部に秘められた熱と、音楽と熱気と、ワインとダンスによって熱くなった彼女の体を感じていた。私たちは口をきかなかった。それからバンド・リーダーのヴァイオリンひきが、何やら長く続くけれどもテンポの早いジプシーのメロディーをひき始めると、そのメロディーはあの痙攣するようなリズムの中で動き、最初はひきずるように強くなる音調で、そのあとごく短いシンコペーションに爆発し、ほとんど前打音《アポッジャトゥーラ》となり、さらに別の高さへと続いていく。エメケはハンガリー語で、自分の祖先の遊牧民たちが歌っていた、硬質で美しくて原始的で先史的な何かの歌を歌い始め、実際に彼女がそうであったもの、女性としての自分の人生におけるあの唯一の課題に全精力をもって集中したあの若い女性に、再び変わった。そして私たちは、荒々しいハンガリー・ダンスの中でぐるぐると回り、私たちの周りでは、激しく回転するパノラマの中でカメラが回るように、ぼやけた顔や姿や楽師たちの銀色の楽器が回った。

どれくらいだったか分からないが、長い時間だった。その後、夜半に、メランコリックでセンチメンタルなスロウ・フォックストロットが始まり、サキソフォン奏者がアルト・サキソフォンを、洗練を極めたこの楽器になしうる最高に濃厚な感情を込めてすすり泣かせ始めた。そしてエメケは歌をやめ、私は話し始めた。すると、ワインに灯された私と同じく、アルコールに灯された黒人ギタリストたちの脳裏に浮かんでくるように、私の脳裏に三行連句の詩が浮かんできた。その詩が、かつて私を興奮させた数知れないブルースが眠る潜在意識のどこかから、浮かんできたのだ。そして私は、エメケの幸福そうで愛らしい小さな耳に、私が今までに作った唯一のブルースの詩を囁いた。あの田舎のサキソフォン奏者のかなでる音楽がその詩の伴奏となっていたが、彼は黒人のシンコペーションの秘密を知らずに、サキソフォンを、甘ったるい感情が呻き泣く楽器へと変えていた。その感情を彩っているのは、あの痙攣的なアルコールの瞬間が生み出す、大昔からの原始的な美だ。その瞬間の中で、人間の敵だが、むしろはるかに友人でもあるアルコールが、自分についての真実とエメケについての真実を知らしめた。この瞬間だけが、最初で唯一で最後の瞬間なのだ。そう、君、この短い瞬間だけが、最初で最後の瞬間なんだ。僕たちはその瞬間を、長い日々、数ヶ月、数年待っているんだ。――エメケは口を閉ざして、注意深くなった。私は、テーブルの上の灯りとニコチンの煙の幕を背景に、彼女の長く黒いまつげを見て、続けた。――人生はヤニの付いた幹のようなもので、君は殺される時を待っている。人生は長い死で、ここになく、君は殺される時を待っている。人生は長いことここになかったけれど、突如としてここにある。これは――と私は続けた――出会いが可能な瞬間だ。これは、唯一の出会いの瞬間だ。聞いてごらん、耳をそばだててごらん、この瞬間が響いているのが聞こえるだろう。――すると、いつもは修道院の凍えた禁欲の薔薇のようにしおれているエメケの唇に、ほほえみが浮かんだ。私は言った。――幸せになって、喜んで、一晩中ほほえんでごらん。幸せになって、長い一晩中、幸せにほほえんでごらん。誰かが欠けていたけれど、今やって来た。そして君を助けに来る。――彼女は私を見て、目にも唇にもほほえみを浮かべ、サキソフォンはすすり泣いて呻いた。――聞いてごらん、耳を澄ませてごらん、見てごらん、遠くで小さな灯りがきらめいているのを。あの遠い暗がりで、小さな愛の灯りがきらめいているのが見えるかい。死の支配は終わった、甘い生の季節が訪れるんだ。――ここでエメケは声を立てて笑い出し、すてきな詩ね、と言った。誰が作った詩なの？　けれども私は頭を横に振って、そんなこと聞かないで、と続けた。それは僕で、これはこの瞬間の僕の詩だ。この詩はどこからともなくやって来て、今ここにある、僕のいとしい人の喜びとほほえみのためにある。エメケは頭をのけぞらせ、サキソフォンはすすり泣いて呻いた。そして私はさらに、前にも後にも一度もお目にかかったことのない奇妙なインスピレーションの赴くままに、そういう詩を続けていった。その瞬間には「ソロモンの雅歌」のように美しい詩、もっと美しい詩を。というのも、この若い女性は人生で一度もそれを聞いたことがなかったから、誰も彼女をシャロンの薔薇と呼んだことがなかったから、誰も彼女に、こんな基本的なピタゴラスの愛の定理を言ったことがなかったからだ——僕の恋する人、君はなんてきれいなんだ。というのも、その短い人生の間ずっと、彼女はただの買われた財産で、肉と血と骨でできた保温器にすぎなかったからだ。でも今、彼女はそれを、男が彼女に作った詩を、男の心からほとばしり出た詩を聞いた。つまり、この電気通信の狂気の時代が生み出した奇妙な魔術によって、メンフィス郊外の半ば酔った黒い叫び手《シャウター》の心と喉から、この社会主義チェコスロヴァキア国家の中のこのレクリエーション・センターの社交室にいるこのプラハのインテリの声帯へと移植された詩を聞いたのだ。けれども彼女は、この歌の奇抜な系譜学については何も知らず、ただあの理想的な詩の受け入れ方だけで、それを感じ取った。なぜなら、詩はみんな、どこかの女性のためにその場で創造されるものだからだ。そして、もしそうでなければ、それは詩ではなく、それは読んで聴かれるに値しない。そんなものは、あらゆる詩の源である、唯一可能な、ありのままの、真実のインスピレーションから出たものではないからだ。彼女は幸せそうに見え、あなたを信じてもいいかしら、本気でそう思ってらっしゃるの、と囁いた。そうです、エメケ、と私は言った。そして魂の中から、心の中から、あるいはどこかから、あのアルコール的でギター的なブルースの三行詩の形で、次々と新しい詩が流れ出てきた。よく分からないが、たぶん私はその瞬間、彼女と夫婦の関係を結び、私はその瞬間、この時代がもう忘れてしまった知恵を得たのだ。つまり、夫婦の関係、夫と妻の生活は、情熱と情緒、汚れとグルメ的な享楽、魂と社交的な関心の補足といったものの奇妙な混合物ではないし、ありえないし、あってはならないということ、そこで問題なのは理解ではなく、知性の平等ではなく、性格を補い合うことや、生活必需品や食べ物の供給と秩序や、胃を通って心臓に至る道でもないということ、それは、一九二〇年代のハリウッド映画で規範化されさらに五〇年代の小説に受け継がれたあの滑稽な関係——せいぜい思春期後の性愛の衝動的な激発にしか当てはまらず、胸が悪くなるような離婚手続きの中で同じくらい滑稽な克服しがたい反感の関係に終わるビーダーマイヤー的でプチブル的で旧弊な生活にしか当てはまらない関係——でもないということだ。そうではなく、夫と妻の関係というのは、雄と雌、二人の同等だが全く異なる個人どうしという、古代洞窟のカップルの関係なのだ。そのうちの一人が棍棒を、もう一人が火を管理し、一人が獣を持ち帰って、もう一人がパンを練り、そして太古から動物を統《す》べる法に従って、絶えざる再生という唯一の意味のために、二人で子供を世に生み出すのだ——素肌に浴びる太陽や、胃液や、ホルモンの詩や、より繊細な心の喜びのために。その心が従うべき法は、人間は再び、獣たちのいるところに、しかし螺旋の一巻き分高いところに行き着かなければならないということだ。また、戦争や、窃盗や、倒錯した神秘主義や、男性の隷属と男性の優越（「女の勤めは神への勤め《フラウエンディーンスト・イスト・ゴッデスディーンスト》だ……」汝の願いは汝の夫の力のもとに置かれるであろう、そして彼は汝を支配するであろう）といったものの時代に、人間のカップルの関係がまみれてしまった、神経症的で、感傷的に因習的な汚れを、除去しなければならないということだ。

けれども、私がホールに戻って来たとき（私はちょっと出て行き、小さなトイレで歌詞ぬきにブルースを口ずさんでいたのだが、それは若者が大昔からの人間の踊りと歌の喜びを表すようなやり方で、無意味で非知性的に響く音節を素早く続けて歌う歌い方だった。すると、ジャズ・バンドのリーダーがやはりそこにやって来て、私の中に、特徴的な音楽――反人種差別的で、反ファシズム的で、シンコペーションのついた音楽――の、国境を越えたリズムの友愛における同胞を認めて歓迎し、私と彼は友好的に話を始めたのだった）、私はエメケが教師の腕の中にいるのを見た。教師はひどく差し迫った様子で彼女に何か言っていて、私の姿を見ると（私は柱の一つに寄りかかって立ったまま、二人を観察していた）、彼の顔に、許されざる行為の現場を押さえられた者が思わず出す表情が表れた。そして、一曲終わるとエメケにお辞儀をして、並々ならぬ意欲をもって自分のテーブルの白ワインのところへと去り、そこから再び、この太古からの闘いにおける敗北に対して復讐する人間が持つ、黒くて憎々しげな目を、私に向けた。私はエメケのところに行って、彼女を踊りの輪の中に引き入れた。けれども、彼女は様子が一変していて、瞳にはまた、修道院的な抑制の門が閉まっていたのだった。どうしたの、エメケ？　何があったの、と私は尋ねた。何も、と彼女は言ったが、生命なく、死んだように踊り、私の動きに気乗り薄に従うだけだった。まるで、喫茶店で午後のお茶を飲んでいて、誘いには無関心な踊り子のように。その喫茶店に、孤独にうちひしがれたひとりぼっちの男がさ迷い込んで来て、見知らぬ踊り子との気乗り薄な踊りによって自分を愚かに刺激し、孤独な町の午後の空虚を満たそうとする。彼らはスローフォックスのトロットを踊り、黙っているか、それとも常套句を二言三言交わし、互いに気に入らず、それからお辞儀をして、彼が彼女をレモネードのあるテーブルに連れて行って「ありがとう」と言い、彼女は頷いて別れ、もう互いに関知しない。それから彼は座って、半ば空の喫茶店の半ば空のフロアーを眺めて、もう踊らず、それから一人で孤独に家に帰って、寝床に入り、大都市の無関心な孤独に苛まれるのだ。何があったの、と私は答えを迫った。何かがあったのですね。何か考えたのですね、エメケ、私に話してください。すると彼女は、私の方を向いた。もう二度とすまいと誓ったことを再び犯してしまったことを突如として意識した女性のように、目の中に、目の周りに、人間の瞬間的な表情を構成する微妙な顔の輪郭の中に、痛みを伴った驚き、悲しげに自己嘲笑的な非難があった。そして私に、失礼ですが、身分証明書を見せてもらえますか、と言った。そのほとんど事務的な言い方に、私は千分の一秒ぎくっとした。痛みや怒りを伴わず、修飾語なしに、ただぎくっとした。その後で、私の求婚をそんなふうに即物的に、つまり映画で神秘的に描かれるような脆い感情ぬきに、唯一正しい仕方で受け取ったその単純さ、直接さ、平凡さ、誠実さに共感を覚えた。だがすぐに、私は気づいた。——それは教師の仕業だ、教師がその無力な怒りの中で、私はペテン師で、既婚者で、結婚生活から逃れてレクリエーションに一息つきにやって来たのだと、彼女に吹き込もうとしたのだ。彼の破廉恥な脳が、未亡人との結婚を準備しているという、私がでっちあげた情報と、そのエメケの伝説を、このいまいましいが筋の通ったお話に変えたのだ、と。するとまたすぐに私は、エメケへの優しい憐憫《れんびん》の情に襲われた——彼女は自分自身の結婚生活でその種の男を知り、今は私がそういう男の一人に変わるかもしれないという可能性に怖れを抱いているのだ。エメケ、誰があなたにそんなことを吹き込んだのですか？　もちろんあなたに身分証明書を見せることはできますよ、と私は言って、ジャケットの内ポケットに手を入れ、私の行動と私の顔の正しさを証明するその書類を取り出した。すると彼女は、声の中に言葉にならない悲しみを湛えて、なぜ私に嘘をつくのですか（「プレチョ・マ・ツィガーニーテ？」と彼女のハンガリー語的なスロヴァキア語で）言った。何も私に見せる必要なんかありません。私はすべて知っているんです。――でも、どういうこと？　どういうことですか？　あなたが知ることができることなんか、何もないですよ。――なぜそれを否定するの？　あなたはほかの人と違うと思っていました。でも、違わない。違わないわ。ほかの男みんなと同じだわ。――でもエメケ！――いいえ、何も言わないでください、私は知っているんです。そして、私への配慮がないのなら、どうしてせめてご自分の婚約者への配慮がないのですか？　私は結局のところ他人です。あなたは私のことを何日か知っているだけです。でも、その方のことは……。――エメケ！　それはナンセンスです、と私は叫んだ。それはあの馬鹿者に、あの教師に吹き込まれたことでしょう。でも、あいつは嘘をついているんです。だって、あいつは老いぼれのゲス野郎です、それが分からないんですか？――あの人のことを悪く言わないでください。彼は誠実にも、そのことで私に注意してくれたのです。――だってそれは本当のことじゃないんですよ！　エメケ、それは本当のことじゃないんです！――お願いだから、嘘をつかないでください。あなたは彼に、その人の写真を見せましたね。――でも……（私は教師に、マルギトカとその二歳の息子ペトシーチェクの写真を見せた。なぜかは分からないが、多分何かの馬鹿げた男の自惚れからだろう。）――それが本当ではないとおっしゃるのなら、私に身分証明書を見せてください。――そこで私は、その写真は身分証明書と一緒にしてあること、その写真を教師に見せたときにそこから出したことを思い出した。教師はそのこともエメケに告げたのだ。襟の開いた夏服から胸を覗かせてコケティッシュな前髪をしたマルギトカと、草地のタンポポの間から顔を覗かせたその愛らしい二歳の金髪の男の子。――それはできません、と私は力なく言った。でも、それは本当のことじゃありません。――嘘をつかないでください。お願いだから、せめて嘘はつかないでください。――嘘なんかついていません。エメケ、嘘なんかついていません。でも、その身分証明書を見せることはできません。――なぜですか？――できないんです、なぜなら……。――なぜ、とエメケは言って、刺し通すように私を見つめた。再びあの小動物が私を見ていた。けれども今度は、誰かに何かを奪い取られたかのように、森の自由や緑の茂みの安全についての幻想を奪い取られたかのように、私を見ていた。まるで、陽の当たる自分の緑の世界では、これまでそんなものの存在も知らず、思いもかけなかったような、荒々しい猛獣の顔を見るかのように見ていた。――なぜできないんですか、と彼女は、私が彼女にあっては聞き慣れていない高ぶった声で、迫るように言った。そして小動物の目は、猛獣の黄ばんだ牙のきらめきを浴びて、あの最後の止《とど》めを認識したかのように見開いていた。それから、その顔の修道院的な雪花石膏《アラバスター》は不自然な紅《くれない》に覆われ、エメケは神経質に、痛々しく、泣きそうになって、素早く、放してください、もう帰らなければなりません、と言った。夜の一時の列車で帰らなければならないんです。さようなら！　彼女は私から身をもぎ放して足早にホールを出て行き、姿を消した。私は立ちつくしていたが、彼女はいなくなった。
私が振り返ると、教師がテーブルのところで、怒りに燃える顔に傷つけられた正義の表情を浮かべてしゃがんでいるのが見えた。

私は零時半に建物の前で待っていたが、彼女は同室者のやはりハンガリー人女性と一緒に、全員が夜行列車で帰る五人ほどのスロヴァキア人のグループに混じって出てきた。彼女がもう一人の若い女性に、彼女を私と二人だけにしないように頼んだことは明らかだった。というのも、その若い女性はずっと私たちと一緒に歩いていて、そのために私は彼女に何も言えなかったからだ。私はただ、手紙を書いてもいいですか、と囁いた。もちろん、と彼女は言った。どうして駄目なことがありますか？——そうしたら、あなたは私に手紙を書いてくれますか？——なぜですか、——私は、もう一人の女性に聞かれないように声を潜めて言った。——なぜなら、あなたを愛しているからです、エメケ、信じてください。——信じません。——もう一人の女性はちょっと離れたが、ずっと声の届く範囲内にいたので、私は小声で話し続けなければならなかった。——信じてください。あなたに会いにコシツェまで行きます。いいですか？——どうして駄目なことがありますか。——でも、そうしたら信じてくれますか？——彼女は答えなかった。——信じてくれますか、エメケ？——まだしばらく黙っていた。——分からないわ。——その後で、たぶん、と言ったが、私たちはもう田舎の小さな駅に着いて、そこにはもう準備のできたディーゼル機関車が停まっていて、そばには制服姿の運転士が立っていた。レクリエーションの参加者たちはそれに乗り込み、どこかのスロヴァキア人が、エメケがスーツケースを持って列車に乗り込むのを助けた。それから彼女は、客車の窓のところに暗い輪郭となって現れた。私はあたかも彼女に呪いをかけるかのように、上に向かって「エメケ」と言った――まるで彼女から、自分の人生の時間という、永遠の単調な問いに対する答えを聞こうとするかのように。自分の人生の時間は、果てしなく続く愛の儀式の変奏の中ではひどく陳腐で、使い古されていて、価値も誠実さも愛もないが、それでも自由だと錯覚する快適な習慣に縛られていたので、私はこれまで決心することができずにきたのだった。エメケ、と私は、上の闇に浮かぶその輪郭に向かって、終わろうとしていたその伝説に向かって言った。すると、その輪郭から、か細くて、ひどく遠い声が聞こえた。――はい。――私は小声で呼びかけた。――お願いだから信じてください、エメケ！――はい……。さようなら。――それはもう、森の茂みに棲む孤独な小動物の叫びではなくて、失われた時間の絵に変わりつつある人間の女性の、幻滅と懐疑に満ちた知恵が出す声だった。そして、エンジンが唸り始めて、列車が動きだした。窓から、その若い女性の、その夢の、その狂気の、そのエメケという真実の、白くてほっそりした腕が振られた。

夜の間にワインも、知恵も、認識も、レクリエーションの魅力も、何かほかのものも私から消え失せ、目が覚めると、私は醒めた冷ややかな日曜日の朝の現実の中にいた。その現実の中で私は、レクリエーションからプラハへ、編集部へ、同僚たちのところへ、マルギトカとの痛々しい小ロマンスへ、そのすべてへと帰るのだった。隣のベッドでは、教師がいびきをかいていた。下着もシャツもズボンも、すべてをまた丁寧に干して風に当てていた。私は何も言わなかった。私には彼が、そのきれいに洗った洗濯物の清潔さと共に、うとましかった。というのも、彼の魂の汚さは、その下着からもズボンからもシャツからも、風に当てて出すことはできなかったからだ。彼自身、人間でさえなく、汚さの権化で、うぬぼれ屋で、愚か者で、好色漢で、敵にすぎなかった。

私は彼に何も言わなかった。彼はあのことを否定したかもしれない。私は彼に何も証明することはできなかったし、何やら気色ばんだ言い合いをしたところで同じことだったろう。私は黙っていたが、まもなく私の時、復讐の時がやって来た。それは最も敏感なところで、つまり、知恵を伝えるプロの教師としての彼の知的な自惚れにおいて彼を襲う、唯一可能な復讐だった。彼が自ら掘って、自ら自暴自棄に飛び込む墓穴としての復讐だった。

けれども、たぶんそれは運命だったのだ。その粉ひき、復讐者、支配者、友、主――たぶん公正な――が、永遠の――人間の永遠性の範囲内で永遠の――陽が落ちていくあとを追って、湿気の多い晩夏の地方を通って行くその列車の中に、落とし穴を掘ったのだ。太陽は石油ランプのように、赤みを増していく見事な光で、客車に座る人々の顔を照らし、それを黄金色を帯びた肖像に変えていた。そこにいた人々は、夫が設計事務所の技術職員で、妻の方は国家統計局の職員という、三十歳くらいの子供のない夫婦と、無口な工場の職長と、奇矯な若者と、衣料品店長とその妻と、私と教師だった。そして、そのメンバーでゲームをした。ゲームを提案したのは、設計事務所の技術職員とその妻で、二人はしょっちゅうゲームをしていた。子供がないので、やはり子供のない他の職員の家を訪れたときに、暇つぶしにゲームをしていたのだ。毎週木曜日に妻はブリッジをしに、夫はロイヤル・マリッジ[*1]をしにでかけた。二人はツーリスト・クラブの会員で、春の日曜日はスコホヴィツェの山小屋で過ごしていたが、そこに他の山小屋の隣人たちと集まってはバレーボールをしたり、陽が暮れると社交ゲームをしたりしていた。それは、誰も名前を知らないけれども、誰もがチェスを試してみるように一生に一度はやる、一般に知られたゲームだった。そして、愚かな駒の無益な動きのために人間の脳からたくさんのエネルギーを吸い取る、死んだ、おどろおどろしい、なんにもならない、封建的なチェスの論理よりも、そのゲームの方がはるかに人間的なものだった。それは、こういうゲームだ。――一人がドアの外に出て、他の人々が何かの対象――物、人間、動物、教皇、火星、トランクの中の缶詰、あるいはその人自体（ドアの外にいる人）など――を取り決める。それから彼を部屋の中に戻すが、彼は間接的な質問によって世界中の他のすべてのものを段々と除外していき、論理の道を辿って、その物、動物、人間に到達しなければならないのだ。

　職員がドアの向こうに行き、店長が案を出した。彼の案は古い習慣に、人生で例外的なものに出くわしてつまずく人々の習慣に、従ったものだった。こういう人たちは、彼らの冴えない世界――日々のルーチーンと、優しい常套句の職業的な因習性という世界――の中に、光を射し込むものが現れると、それをその後一生、あらゆる機会に当てはめてしまうのだ。つまり彼は、職員その人を提案したのだ。けれども、人間の最も内的な感情への配慮を欠いた若者が、そんなのは毎度やられることで、どんな馬鹿でもすぐに当ててしまうと言った。彼自身は、探し当てる対象を教皇の左の靴とするように要求した。けれども、技術職員の妻は、素材や形や色など、その対象の特徴があまりにも少ししか知られていないと判断した。「だめよ」と、彼女は言った。「私たちのうち、このゲームを一度もやったことのない人が、どうやってやるのか分かるように、何かもっと簡単なものを出さなければいけないわ」（教師と衣料品店長夫人が、このゲームを知らないと言ったのだった。店長の妻に関してはそれはありそうだったが、教師に関してはありそうになかった。私は彼を見た。彼は、鬼ごっこにはめられた自分の運命を知っている太っちょのような表情を浮かべていた。鬼ごっこでは、太っちょの運命はスマートな人たちの慈悲か無慈悲にゆだねられていて、誰かが彼の無力を哀れに思い始めて自発的に捕まってくれない限り、太っちょは人々の体の輪の周りをドスンドスンと重たく走り続けなければならないのだ。教師は嘘をついていた。あからさまに嘘をついていた。そのゲームがちゃんとできるのだ。けれども、たぶん気が進まないのだ。このゲームをやりたがらないのはどういう人たちなのか、私には分かっていた。太っちょではなく、別の面でどんくさい人だ。彼は神経質になっ

＊1　トランプ・ゲームの一種。

ていた。それから、私が彼をじっと見つめていることに気づき、取り繕うために自分のスーツケースを提案した。）

「いいえ」と、職員の妻が言った。「それもやさしすぎますよ。レクリエーション・センターの卓球台にしましょう」

職員が呼び戻されて、それが具体的な性格のものか、抽象的な性格のものかという質問から始めた。

「それは具体的なものよ」と、彼の妻が言った。すぐに教師が頷いた。衣料品店長夫人が、曖昧な微笑を浮かべながら、問うように職員の妻を見た。その目から窺える知性は、教師と五十歩百歩だった。けれども、そこに神経質なところはなく、あるのはびっくりした無知だけだった。

「それはチェコスロヴァキアにありますか？」と、職員が尋ねた。

「あります」と、教師と店長夫人と若者と職員の妻が合唱した。

「それはプラハにありますか？」と、職員が尋ねた。

「いいえ」と、合唱が答えたが、今回は教師が脱落した。

「それはKにありますか？」と、職員が尋ねた。（Kとは、私たちが発《た》ってきた、レクリエーション・センターのある場所だった。）

「いいえ」と、教師が素早く言った。

「いや、ありますよ！」と、衣料品店長夫人が、驚いたような叱責を込めて教師を黙らせた。「だって私たちは言ったじゃないですか、それは……」

「しっ！　Mさん！」と、職員の妻が叫んだ。「はい、それはKにあるわよ」と、彼女は自分の夫に言った。

「なんで、そこにないなんて言ったんですか？」と、衣料品店長夫人は、ナイーヴな人間らしい怒った声で聞いた。「そこにあるっていうのに？」

「私は、ただ混乱させてやろうと思ってね」と、教師が言った。

「でも、それは駄目ですよ、先生」と、職員の妻が言った。

「そんなことをしたら、意味がなくなってしまいますからね」

「その方がスリルがあるでしょう」と、教師が言った。

「とんでもない」と、職員の妻が言った。「このゲームの壺はまさに、直接的な質問をしてはならず、真実に従って答えなければならないという点にあるのですよ。だから、ただただ人がいかに巧みに質問を出すかということだけが肝心なのです」

「でも、ちょっと混乱する可能性があれば、もっと面白いことになるでしょうよ」と、教師が言った。

「じゃあ、賢いあんたは、その後どうやって当てようっていうんだい」と、若者が言った。「あんたの番になったら、お手並み拝見だね」

「それじゃあ、ゲームを続けましょう」と、職員の妻が言った。

「それはレクリエーション・センターにありますか？」と職員が続け、それから幾つかの巧みな質問によって探求の対象を確実に当てた。不慣れな者には、それはほとんど千里眼のように思えただろうが、それはただ、長い実践によって訓練された論理と、経験から来る勘のなせる技だった。それでも、何人かは驚いた。

「あなたは賢いですね、Nさん！」と、衣料品店長夫人は叫んだ。

「これは賢さではありませんよ」と、職員は謙虚に言った。「適切に質問を出すだけでいいんです。一般的なものから特殊なものへとね。そうすれば、じきに分かります」

その後、若者がドアの向こうに行くことになった。私はルイ・アームストロングのトランペットを提案した。反対の声が上がった――アームストロングが誰だか知らない衣料品店長夫人と、やはりそれを知らない教師だった――が、それでも私は自分の案を押し通した。若者の鈍い脳は、目的への論理的な道をそれほど簡単に見つけることができなかったが、対象の大体の大きさを確かめ、それで何かやるものかという巧みな質問を出し、それから、それはチェコスロヴァキアにあるか、さらにそれは地球上にあるかという質問を思いつき、そして最後に、この範疇に属する三つめの質問によってそれがアメリカにあるかどうかを確かめると（彼がそこで生きることを強いられているチェコスロヴァキアと、我々全員がそこで生きることを強いられている地球以外には、彼が知り愛し関心を持っていたのは、アメリカという、世界で一つの場所だけだったのだ）、突如としてひらめいて、あるいは恐らく彼の関心のうち中心をなすものが彼に質問を示唆して、それは演奏するものかと尋ねた。そうだと知るや否や、もうゴールは間近になった。彼の人生において唯一の意味であるものへの献身の体系から来る、正確な論理によって、彼は、それは金管楽器だということ、それは卓越したジャズ奏者の持ち物だということ、その音楽家は黒人だということを知った。それから、勝ち誇ったように、けれども敬虔に、まるで神聖な尊敬を呼び起こす長い貴族の称号を発音するかのように、その名前の全体を発音した――ルイ・サッチモ・ディッパーマウス・アームストロング。

私は教師を見た。彼は時計を見て押し黙っていた。若者が終わると、教師はしわがれた声で、別のゲームをしようと提案した。

「そりゃ駄目だ」と、若者がぴしゃりと言った。「まず全員が一巡しなくちゃ！」

「そうです」と、衣料品店長夫人が言った。

「Mさん、今度はあなたがやったらどうですか、ねえ？」と、職員の妻が言った。

「私ですか？」

「ええ」

「でも、私はできません！」と、太った夫人が言った。

「だって、こんなの、どうってことありませんよ」と、職員の妻が言った。「すぐにコツがつかめますよ」

「びっくり仰天だわ。私はやりませんよ！」と、太った夫人が言って、両手を口に当てた。「とんでもない！　私にはできません！」と、彼女は素朴な女性らしく、パニックになったように驚きながら、頭を横に振った。彼女は、自分の愚かさを堅く確信していて、自分に備わっている人生の知恵については何も知らないのだった。みんなが彼女を説得しにかかった。太った夫人は頭を横に振ったが、あとから態度を軟化させ始めた。「私は分からないのだから」と、彼女は言った。「私にはできませんよ」

「やってくださいよ、奥さん」と、若者が促した。「ここにいる僕たちはみんな馬鹿なんですから、ねえ?」と、彼は私の方を振り向いた。私は笑って教師を見た。教師は説得しなかった。「さあ、何も考えずにやってくださいよ、Mさん」と、私は言った。「どうにかなったりしませんから」

「博士がそうおっしゃるのでしたら」と、衣料品店長夫人が言って、重たそうに腰を上げ、客車の人々の膝の間をようやく通り抜けて、ドアの向こうに出て行った。ガラス張りのドア越しに、内側の会話から懸命に何かを聞き取ろうと集中している彼女の、幅広で善良で愛らしく愚かしい顔が見えた。

ガラスの内側の人々は、夫の言うところでは夫人が自分のスーツケースに入れているというコーヒーの袋に決めた。店長夫人は中に入れられて、くすくす笑い、どすんと腰掛けて、口を開いた。

「何、それは何ですか?」と、彼女は明らかに努力しながら言った。

「Mさん、そんなふうに質問しちゃいけません!　私の夫や、そこのPさんみたいに質問しなきゃいけません」と、職員の妻が言って、若者の方に頷いて見せた。

「でも、私はそんなふうに質問できないんですもの」と、太った夫人は懇願するように言った。

「さあさあ、試してみてください。さあ。あせらないでね」と、職員の妻が彼女をなだめた。

太った夫人は、また考え込んだ。丸顔の脂ぎった皮膚を伝って汗の滴が流れ、彼女は長いこと必死に集中した努力を続けた後で、突然言い出した。

「それは、ここにありますか？」

「ほらご覧なさい、できるじゃないですか」と、職員の妻が言った。「ええ、それはこの客車の中にありますよ」

太った夫人は、周囲を見回した。その愚かしい顔、非常に愚かしいのでその愚かしさがほとんど彼女の飾りになっているほど愚かしい顔に半分埋もれた目が、物から物へ、人から人へと移っていき、若者の洒落たスーツケースや、職員の妻の携帯ラジオや、工場の職長の押し黙った顔や、私のナイロン製靴下を見て、最後に教師の青ざめた顔に止まった。教師の顔の邪悪な目は、膨れあがった憎悪を発散していた。

「それは口にできるものですか？」と、それから夫人は質問した。

「そうです！」と、合唱が響いた。店長夫人は、幸福そうにほほえんだ。

「それじゃあ、当てたわね！」と、彼女は言った。

「そうよ」と、職員の妻が言った。「でも、まだ続けて当てなきゃ」

「どうして？」と、太った夫人は驚いた。

「今のところ、あなたはその物の性質を当てただけで、それが何かはまだ分かってないでしょ」

「性質って、どういうこと?」と、店長夫人は腑に落ちないように言った。

「それが口にできるものだっていうことは分かっても、それが何だかは分からないでしょ」と、若者が説明した。

「ああ」と夫人は言って、再び辺りを見回した。「でも、ここには口にできるものは何もないわ」

「見えているとは限らないですね」と、技術職員が言った。「どこかに隠れているかもしれませんよ」

「でも、それが隠れているっていうんなら、一体どうやって当てたらよいの?」と、太った夫人は言った。

「だからこそ、質問しなければならないんですよ」と、職員の妻が言った。

「質問ですって?」

「ええ、そうよ。あなたは、それがこの客車のどこにあるか、正確につきとめる必要があるわ」

「正確にですって?」衣料品店長夫人の目は、懇願するように職員の妻の顔に止まった。

「ええ。それが床の上にあるのか、座席の上にあるのか、それとも荷物置き場にあるのか……」

「スーツケースの中?」と、衣料品店長夫人が遮った。

「その通り!」と、合唱が響いた。

「じゃあ、焼き菓子だわ!」と、太った夫人は嬉しそうに叫んだ。その後すぐに彼女は、それが間違いだと知って、がっかりした。そのあと彼女は、直接に質問してはいけないという抗議をかえりみずに、自分のスーツケースの中の口にできるものの名前を次々と挙げていき、ついに当てた。

「ほうら、当てたわよ」と、彼女は幸福そうに言い、無邪気に愚かしい目を輝かせて、みんなを見回した。

「ほらごらんなさい」と、職員の妻が言った。太った夫人は夫の腕を取って言った。「でも面白いわね、このゲーム！」

そして今度は、私の番になった。私はあたかも、エメケがどこか別の場所、別の客車にいて、それでもほとんどここにいて、恐ろしく孤独に座っているかのような気がしていた。彼女はもう再び、チョークで書いた環の霊たちに取り囲まれ追い回されて、自分の過去の世界に、あの干からびたハンガリーの岬の恐ろしい孤独の中に戻っていく。そこでは、領地とホテルの所有者についての悪夢につきまとわれ、肺病病みの庭師の迷信にはまることを、永久に運命づけられているのだ。私は言った。

「さあ、今度はこちらの先生の番でしょう」

教師はびくっとした。彼はあらがった。一度もやったことがないという。面白くない、とさえ言ったが、そのことでみんなを敵に回してしまった。彼はついに、やらざるをえなくなり、ぶつぶつ言って出て行き、ガラスの向こうで濁った邪悪な目をし、下唇を垂らした鈍い顔をして待っていなければならなかった。私たちは、教師その人に取り決めた。古いトリックだが、それを当てるのは全然難しくない。今度は誰も反対しなかった。私たちは彼に頷いてみせた。教師は入って来た。

「さて、それは何ですか？」と彼は、あたかもいい加減でふざけた印象を呼び起こそうとするかのように言った。

「なんて上手な質問の仕方でしょう、先生」と、太った夫人が言った。

教師は座った。あの少しばかりのできあいの知識と、肉体的快楽を得ることについての果てしない不毛な思案に慣れた彼の脳の中で、ギアがギシギシときしんでいるのが、私には分かった。彼には何もできない。きわめて単純な論理を辿ることさえできない。私にはそれが分かっていた。

「それは……家ですか？」と、彼は絞り出すように言った。

私ほど彼のことをよく知らない人たちは、当惑した。教師が引き続きふざけているのかどうか、分からなかったのだ。私は、彼が愚かなのだということを知っていた。

「さあ、馬鹿はやめにして、ちゃんと聞いてくださいよ」と、しばらくしてから若者が言った。教師は冷や汗をかき始めた。不快な黒い瞳孔に、この器官には不釣り合いな努力の影が表れた。「それは……」と、彼はゆっくりと言った。「それともそれは……列車かな？」

「なに馬鹿なこと言ってるんですか？」と、若者は怒ったように言った。「まともな質問をしてくださいよ、いいですか？」

教師は怒りで赤くなった。

「そうしていないって言うのかい？」と言う彼の目から、炎が上がった。それは、教師が無制限に支配することに慣れていた人間の範疇を、年齢的にはまだそれほど超えていない、派手な色の靴下をはいたその若者に対して、教師としての権力を振るいたいという願望の炎だった。

「そりゃ、してないでしょ」と、若者が言った。「あんたは馬鹿な質問をしてるでしょ。直接的な質問をしてはいけないでしょ。それは雌牛か、それとも雄牛か、なんて。それはどんなものか、それはどこにあるか、っていうような質問をしなければならないでしょ」

「それはどこにありますか？」と、素早く教師は聞いた。

「これはこれは……」と、若者が言い始めたが、職員の妻が遮った。

「あのねえ、先生、あなたは、私たちがイエスかノーのどちらかだけで答えられるような質問をしなければならないんですよ、お分かり？」

「ええ、もちろんですよ」と、教師は言った。全員が口を閉ざした。長い沈黙が続いた。教師は、いたたまれなさの中に沈んだ。

「さあ先生！」と、自分自身が非常な成功を収めたゲームをやりたくてうずうずしている衣料品店長夫人が、じれったそうに言った。

　教師は目を見開いた。

「それは、それは食べられるものですか？」と、彼は言った。

　みんなはどっと笑い出して、教師はまた顔を赤くした。けれども、今度はむっとしたことが明らかだった。

「いいえ！」と、二人の女性が叫んだ。

「いや、食べられるとも」と、若者が言った。

「なんですって？」と、太った夫人が叫んだ。

「ええ、もちろん」と、若者が言った。「世界には、それだって食べる奴らもいますよ」

「そう言えばそうね」と、職員の妻が言った。「ただし、それは考慮に入れられないわね。だって、私たちにはそういう習慣はありませんからね」

「何をためらっているんですか?」と、若者が言った。「どういう習慣じゃないっていうんですか?彼が『それは食べられるものですか?』って聞いたから、僕は『食べられる』って言うんですよ。ズールー族がそれを食べることができるんなら、なんで食べられるものじゃないなんてことがあるんですか、そうでしょう?」私は教師に注目した。彼はすっかりうろたえ、定まらない目で人の顔を次々と見回した。怒りにぷっと膨れたようなほっぺたをしていた。若者と職員の妻との論争は続いた。教師は身を起こして言った。

「じゃあ、私は降参します」

「それは駄目ですわ、先生!」と、太った夫人が金切り声を上げた。

「そんなわけないでしょ」と、教師は言った。「だって、あなた方には、それが食べられるものかどうかも、分からないじゃないですか」

「だって、僕たちはそれを食べたことがないですからね、そうでしょう?」と、若者が言った。「たぶんそれはすごく硬いか、まずくて、食べたら反吐が出るかもしれない」。彼の声には、彼のような人種によくある、歌うような抑揚のほかに、教師への反感も響いていることに、私は気づいた。それは恐らく、彼が派手な色の服や、人生の唯一可能な内容としてのありとあらゆる享楽への信念をこれみよがしに表明したせいで、どこかの同じような教育学の代理人によって卑しめられた経験をした昔に由来する反感だろう（他方、脳に隠れた卑猥さと柔らかい手を持つ、どこかの同じようなタフガイである教師は、もちろん労働の意義を強調していたのだろう）。「つまり」と、工場の職長が口を開いた（彼はそれまで黙っていた。彼は恐らく若い頃に、教師がかなり良い月給をもらって売っていたその取るに足りない知識の倉庫から、あまり多くのものを汲み取っていなかったのだろう。多分学校も卒業せず、一生の間、生活の糧を守るためにあくせくしてきたのだ。けれども、たまに暇を見つけては思索する日を重ね、あるいは二、三冊のコジェンスキー[*1]やヴラース[*2]の本を読み、今ではハンゼルカ[*3]やズィクムント[*4]の本を読んでいるのだろう。ユーモアの才はあまりないが、ぎこちないとはいえ論理的で誠実な思考のできる人間であり、表現力不足なだけだった）。「つまり」と、彼は言った。「私たちの地方ではそれを食べませんが、今でもそれを食べる人々のいる国が世界にはあります。そういうことです」

＊1　ヨゼフ・コジェンスキー。チェコの旅行記作家。一八四七〜一九三八。
＊2　エンリケ・スタンコ・ヴラース。チェコの旅行記作家。一八六〇〜一九三二。
＊3　イジー・ハンゼルカ。チェコの旅行記作家。一九二〇〜二〇〇三。
＊4　ミロスラフ・ズィクムント。チェコの旅行記作家。一九一九〜。

新たに現れた敵に、教師は憎しみに満ちた目を向けた。職長は、両親など年配の人たちによって子供の頃から植え付けられた、教師階層への、教師の教養と知恵と公正さへの敬意――その敬意を彼は後に自分の子供たちにも植え付けるのだが――をもって話した。けれども、教師は彼を軽蔑していた。

「私は降参します」と、教師は再びうんざりしたように言った。

「でも待ってください、先生。だって本当に簡単なんですから」と、職員の妻が言った。

「いいえ、私は降参します。あなた方がそれを食べるかどうかさえ分からない物を出しているのに、それを私が推測するのはナンセンスですからね」と、教師は言った。彼は再び説得の雨を浴びた。太った夫人は、ゲームの楽しさが待ちきれず、泣きださんばかりだった。怒りでほとんど顔を黒くしてむっつりした教師は、ついに譲歩して再び不毛な思案に沈んだ。その思案はほとんど瞑想的な見かけを帯びていたが、実のところは、何もない金敷の上でふらふらとハンマーを鈍重に振り回しているだけだった。

「それは車ですか?」と、彼はついに気を奮い立たせて言った。

若者は、ゲタゲタと下品に笑いだした。

「あんたアホか、なんかか?」と、彼は歯に衣着せずに、教師に感じていたすべてのもの、自分の評価を、直接に、婉曲表現抜きに、面と向かって言った。自分たちが作ったわけでもない、偽りに満ちた絶望的な理想――その理想を作ったのは、彼らの愚かさではなくて人間の愚かさであり、この謎めいた絶望的な荒野のための、この火のための火花を自分の中に持たない俗物どもの、荒野における生への願望だ――への忠実さを別とすれば、それがこの若者の、最高で、恐らく唯一の徳だった。

「どこかで車を食ったなんて、聞いたことありますか?」

「そういう言い方はやめたまえ」と、教師は彼に食ってかかった。

「いやあ」と、若者は言った。「ボヘミアン・グラスみたいに傷つきやすくならないでくださいよ。だって、僕は多分そんなに言い過ぎちゃいないから、違いますか?」

「私はゲームをしません」と教師は言って、憤慨をあらわにした。「私は、侮辱されるがままになる筋合いはありません」抗議の波に支えられて、私はそこに介入した。

「いいですか」と、私は言った。「あなたは、問題を論理的によく考えることが必要なのですよ、分かりますか?」

教師は、私に刺すような目を向けた。

「私はゲームをしないと言ったんです」と、彼は言った。

「でも先生」と、店長夫人は嘆くように言った。「こんな恥をかきたくはないでしょう!」彼女は状況を完全に適切に特徴づけたが、彼女はいつまでも、裸の王様の服が見えない子供であり続けていたのだ。

「ここで博士に説明させてあげてください」と、職員の妻が言った。「仲間割れなんていやですよ」

教師は何か呟いた。

「あなたは一般的な概念から始めなければなりません」と、私は言った。「そして、質問によって少しずつ特殊化していくのです、分かりますか?」

教師は何も言わなかった。

「分かりますか?」と、私は優しく言った。「最初に何か完全に一般的なもの、一番良いのはそのものがある場所を突き止め、それからその場所をもっともっと限定していき、最後にいわゆる厳密な座標を確定するのです」。私は問うように彼を見た。彼は何も理解していなかった。

「もちろん、一番良いのは」と、私は言った。「それが抽象的なものか具体的なものかを確定することです」

教師は黙っていた。

「さあ、やってみてください。試しに質問を出してください」と、私は駄弁を労した。「対象の場所を突き止めるように試みてください」

教師は憎悪の中で唇を動かした。

「それは……それは、黒いものですか?」

若者は吹き出して、笑いの発作の中で蜘蛛のような足を上にあげ、あやうく教師の鼻を蹴るところだった。

「それはもう、非常に具体化された前提です」と、私は続けて愛想良くしゃべった。「でも、そこからは場所については何も知ることができませんよ。場所ですよ、場所、先生!」と、私はぐるぐると粉をひき続けた。

「それは……」と、教師は馬鹿なことを言った。「それは……車両ですか?」

「おやおや」と、私は眉を少し釣り上げた。「そうじゃありません。それじゃまた、場所については何も分からないでしょ」

若者は、ゲタゲタ笑いだした。

「いやはや、じゃあ、それがどこにあるのか、聞きなさいよ!」

教師は彼をにらみつけた。

「そんなことはもう聞いたよ」と、教師は喧嘩腰で言った。

「はい、聞きましたよ、でも、馬鹿な聞き方でね」と、若者は言った。「『それはどこにありますか?』なんて聞き方しちゃいけないんですよ」と、教師の質問の愚かしい抑揚を——とても巧みに——パロディー化して言った。「それを聞くんなら、『それはここにありますか?』とか、それとも『それは……それは』」と、何か可笑《おか》しいことを素早く言おうとした。けれども、彼の同類や、その他の多くの人々や、おそらくすべての人にとって世界のユーモアが集中している、ある考えしか思いつかなかった。「それは、例えば、ケツにありますか、とか、ねえ?」

「Pさんったら!」と、衣料品店長夫人がくすくす笑いだした。

「私はゲームをしませんよ」と、教師が言った。「ここの人たちが礼儀をわきまえないなら、私はしません」と、彼は教師の徳をふりかざして言った。

それでもその後、彼はゲームをした。みんなが無理矢理やらせて、それはほとんど、彼と衣料品店長夫妻が降りるパルドゥビツェ駅に着くまで続いた。それは、私やその若者や技術職員の妻にとって、この社交ゲームから享受することのできた、最大の娯楽だった。というのも、それはもはや娯楽ではなくて、石臼で彼を砕く神の水車だったたからだ。彼は、ついにいかなる体系の影もなくした見当外れな質問を、のろのろと、ごまんと出して、ボクシング界で「グロッギー」と言われている知的な状態に陥った。「それは臭いですか?」といった質問で、若者の精神の中に驚くほど豊富な皮肉の泉を呼び起こし、その派手な色の靴下が一瞬ごとに花火の太陽のように天井へ上がった。「それはそもそも何かなんですか?」という質問によって、彼は私に瞑想のための示唆を与えた。というのも私は、その質問を聞くと、この男が一体何なのか、本当に分からなかったからだ。この教師は、生涯、何かの道徳を説きながら、キリストのであろうとマルクスのであろうと、いかなる掟にも従わず、道徳なしに生きている。太古からの群れの掟が当てはまる人間という動物の、汝の欲せざるところを人にもなすことなかれという道徳もなしに生きている。意味もなく、中身もなしに生きている。籠の中に捕らえられて、外へ、唯一価値ある甘い自由へ出る穴を、ブリキの床にバラ色の爪で開けようと空しく試みる、小さな絹毛の地リスよりも惨めな、単なる腸と反射運動の組織だ。この生き物は、選挙集会で「自由」という言葉をしばしばひけらかしていたものの、自由を必要としなかった。自由は、我々の生において確かに最高の意味であるが、しかし我々にとっての必然性を理解する知恵なくしては達成できないものだ。自由は、我々に唯一不可欠なものであり、そうでなければ我々が人間である限り発狂してしまうだろう。そんな自由を必要としなかったのは、それが人間ではないからだ。かといってそれが超人でもないのは確かで、それは、私にはいつも、人間以下の存在である下人《かじん》のように思えた。そう、それはイエスの貧者のように、いつの日にも存在する。ただ、貧しくもなく、哀れでもないだけだ。それは下人《かじん》だ。その、小さかったり大きかったり、太っていたり痩せていたりする哺乳動物は、愛や真心や誠実さや他我《アルター・エゴ》を知らず、それによってのみ動物と人間という種の存在が維持されるところの、人間のあらゆる徳や必要な性質——人間にあっては意識されるが、短い一生において自然な心理状態では決して殺し合うことのないアルマジロや白ネズミなどの動物にあっては意識されない性質——を知らない。その下人《かじん》は全く当然のごとく、臆することなく、自分の太鼓腹の絶対的な優先権を押し通し、自分ででっちあげた（だが彼らにとっては当然の）権利を優先させ、常に他者を裁き断罪しようと待ち構えながら、自分の無謬性を示すはずの言葉によって自分の愚かさをふれ回り、自分の完全さは自明のこととして一瞬たりとも疑わず、自分の存在の意味について一瞬たりとも考え込むことなく、キリスト教と道徳を遺物として嘲笑するが、心の底では、寄生者でいられる自由を彼から奪う共産主義を憎んでいる。それでも、下人《かじん》の多くが共産主義に勝つ。というのも、下《か》人《じん》は共産主義にも寄生することができるからだ。そして下人《かじん》は、自分が実のところ皮と骨で囲まれた、悪臭を放つ空虚だということに気づかない。下人《かじん》は自分のあとに、大小の危害、損なわれた命、台無しにされた人生、駄目にされた仕事、遂行されなかった課題、醜い絶縁、犯罪、鈍くて薄汚れたシニシズムの痕跡を残す。この世のすべてがただ一つの巨大な不正になるべきではないとすれば、この下人《かじん》のために地獄と永劫の罰が、少なくとも人間の記憶の罰が存在しなければならない。というのも、裏切られた友人や、手荒に打たれた女性や、捨てられた恋人や、虐待された子供や、下人《かじん》の邪魔になって潰された競争者や、下人《かじん》の犠牲者たち――たぶん理由を必要とせず、ただ血だけを、復讐だけを、直《じか》に手を下す残酷な復讐か、合法的な社会の合法的な審判を装った復讐だけを必要とする、下人《かじん》の邪悪な憎悪の犠牲者たち――の心に、下人《かじん》が全く目立たずに与えてきた苦悩の大洋は、実現される共産主義の全未来によっても恐らく償われえないからだ。下人《かじん》は、この世におけるここ八千年か九千年の存在の間に、他の者たちが苦しんでいる時に、常に素早く「真実」を唱えることができたので――それは、下人《かじん》にとってはいつも、真実などどうでもいいことだからだ――、いつも適応することができて、一度も苦しんだことがなかったのだ。ああ、下人《かじん》はイエスの貧者たちよりもむしろ、悪しき叱責として、我々の美しい言葉への嘲笑として、我々のうぬぼれへの警告として、自己満足に耽る落ち着きへの警鐘として、今に至るまで我々と共にいる。下人《かじん》は我々の敵であり、破壊者であり、妨害者であり、殺人者だ。

　ついに工場の職長が教師の世話を焼いて、単純な理性と忍耐強い実直さによって彼を屈辱的なゴールへと導いた。つまり、彼が概念を放浪しながら追いかけてきた対象は、彼自身だったという認識へと。彼自身が出して、彼の人生――それがそもそも人生だとすれば――において最も深い屈辱をもたらした、愚かしい質問の大騒ぎ全体への愚かしい答えは、彼自身だったという認識へと。教師はパルドゥビツェで降りて、私と別れの挨拶さえ交わさなかった。

復讐は、このようなものだった。けれども、その後で私がプラハに着いて、駅の人ごみの中を地下通路を通って出口に向かっていると、そこでは若い女性たちの顔、その大都市の顔の群れが輝いていた。それから、夏服のカラフルな鐘に飾られ、不快な日常の騒音に締めつけられた騒がしい通りが、その色とりどりの暗い食道の中へと私を迎え入れた。そして私は再び、ミシャークのカフェの控えめなボックス席で、青と白のストライプのついた服を着たマルギトカと密かに会った。キャラメル・クリームを食べて生きていたマルギトカは、小さな残酷さと偽りと欺瞞と偽装と嘘から成る、その大きなゲームに私が再び加わり始めると、恋する優しい眼を私に向けた。そのゲームの背後にあるのは、失楽園への憧れ、より完全な別の人間への希求だ。そのような人間は、恐らくかつて存在したことがあり、いつかまた現れると言われていて、今ようやく困難で偉大な社会主義の帝王切開によって生まれつつあると言われている（工場の職長の周りで、おむつを付けて、もうよちよち歩いているというのだが、私は分からないし、知らないし、言うことができない）。エメケはもうまた、ただの夢になり、たぶん実在したことさえなかった、ただの伝説になり、何やら見知らぬ人の運命の遠いこだまになった。私は、その運命が実在したと信じるのを、ほとんどやめてしまった。私は彼女に手紙を書かず、送りたいと思っていた哲学の本、ソクラテスからエンゲルスに至る思想を手短に紹介する個人授業用のテキストを送らず、コシツェに行かなかった。

そして時と共に、非常に早く、私の中にその伝説への冷淡さが生まれた。――結核や癌で、監獄や強制収容所で、血に狂った古い世界の、遠い熱帯の過酷で狂気じみた戦場で、破れた恋の狂気の中で、滑稽にも目立たない苦悩の重荷の下で、我々自身と血の繋がりのある生き物が日々死んでいく世界の中で、我々に生きることを許す冷淡さが。我々の母であり、我々の救いであり、我々の堕落である冷淡さが。

こうして物語が、伝説が生まれるが、誰もそれを語らない。それでも、どこかに誰かが生きていて、午後は暑くて空虚で、そして人は老い、見捨てられ、死んでいく。残るのは、板と名前だけだ。もしかすると、それすら残らないかもしれない。その物語、その伝説を、誰か別の人間がまだ何年か頭の中にとどめているが、その後、その人も死ぬ。そして他の者たちは、何も知らない――いつもいつもいつも、何も知らなかったように。名前は消える。物語と伝説も消える。そして、その誰かの後には、もう名前も、思い出も、空虚も残らない。何も。

けれども、もしかするとどこかに、少なくとも痕跡が、少なくとも涙の、あの美しさの、あの魅力の、あの人の、あの夢の、あの伝説の、エメケの跡が残っているかもしれない。

分からない、分からない、分からない。

プラハ　一九五八年春

バスサクソフォン

平野清美　訳

禿鷹は叫んで　輪を描くだろう
大都市は　皆　からっぽになるだろう
人類はコルジレラに横たわり
誰ひとり　知るものはいなくなるだろう

エーリヒ・ケストナー

夕暮れ――蜂蜜のごとき、血のごとき。死というものがより情け深くより控えめで、ヨーロッパを吹き抜ける風も吹き込んでこないようなこの地域で、民族や町をとりまく歴史的情勢になんのしがらみもない夕暮れが、十八才の私に語りかけてくる。私は、何かこれまでにない新しいものを創り出そうとしたあのたゆまぬ努力の時代、世紀末に建てられたホテルのファサードの下に立っていた。この新しさは、いずれの形式にもあてはまらなかったために、無能を露呈した表現が与えられていたが、それが神の模倣ではなく人の姿を映し出していたから、実のところ美しかった。そんなわけで私は、カフェの大きな窓――ガラスに花模様を彫った窓を囲んでいるグリーン系のモザイクのファサードの下、暮れどきになると蜂蜜色の水たまりが浮き上がり、壁をしたたり落ちるファサードの下に、たたずんでいた。

はじめはそれがあの代物だとすら分からなかった。だが、戦争中（戦時下の世だった）の代用素材、木材パルプで仕立てたよれよれの上着を着たじいさんが、灰色のマイクロバスからそれを歩道に引きずり下ろし、けんめいに起こそうとしたところ、黒い大型ケースの留め金がゆるんでしまったのだ。もっともケースはそれほど高く持ち上がっていなかったため、中身が飛び出ることはなかった。つまり開いたのはせいぜい二、三センチで、ほんのすきまだったのだが、それでも蜂蜜色の太陽の光が（太陽は古い城の丸い塔の上に陣取り、百万長者ドマニーン氏が所有する、新しい城の四角塔の大きな窓のなかで燃えていた。ドマニーン氏の令嬢に私は恋した。夜な夜な、四つの水槽からアラバスターのランプの光が四散するあの塔で、彼女が暮らしていたからだ。すみれ色の魚たちの世界に棲む彼女は青白く、病に苦しんでいた。彼女もただの幻、ただの夢、病的な幼年時代の病的な夢に過ぎなかったのだ)、金だらいのように巨大な、信じられないほど大きなバスサクソフォンのベルのなかで輝いたのだった。

まさかあんなものが本当にあろうとは思いもよらなかった。ああいったものについては、ポエティズム[*1]やダダイズムの担い手達が活動していた時代の記録があるだけだった。たぶん、共和国時代の遠い昔に、誰かがあのような博物館向きの品、客寄せの道具、高価すぎて結局はお蔵入りになるような代物を作り出したのだ。その後はもう、生産されることはなかった。しょせんは二〇年代のカラフルな時代が産み落とした夢、理論上の計算に過ぎなかったのだ。だから私たちが持っていたのはアルトサックスとテナーサックスだけだった。無論、山奥のロヘルニツェには、バンドリーダーをしていた田舎教師の息子、シロヴァートカなる人物がいて、伝説のバリトンサックスを所有していた。彼は村々のバンドでアルトサックスを吹き、甘く揺さぶるような音色を振りまいていたが、スウィングはしなかった。がちがちの田舎者《ソコル》だったのだ。だが彼には、年代物のバリトンサックスがあった。山奥の藁葺《わらぶ》き小屋の屋根裏にしまわれたまま、錆びついて緑青が浮かび、すっかり目がつぶれた楽器が。屋根のすきまから差しこむルビー色の夕陽を浴びるバリトンサックス。黒い帯状の森の上には今日も毒々しいターコイズの空がかかり、血走った目が、緑色のワインに漂う赤いオリーブのように浮かんでいる。第三紀や古生代の原生林を思わせる山の夕べ。そんな夕暮れの日差しが、屋根のすきまから、靄《もや》がかかったような銀色のマンモスの管体を照らし出していたのだ。やがて一九四〇年代に入り、とても信じられないようなことが可能になると（六本の金管楽器、ビッグバンド、ベース、パーカッション、ギター、ピアノ）、シロヴァートカが山を下りてきて、私たちのサックスは五本編成になった。白い列のいちばん端が彼の定席で、マットレス用の綿布で作ったジャケットを着込み、食器棚を正面から見たような肩をいからせていた。スウィングはやはりしなかった。それでも神話の楽器はフットライトに鈍く浮かび上がり、私たち四人も一緒に演奏できることが嬉しくて、さえずるように上のパートを吹いた。もっとも、スライドする私たちの和音の下で、彼は我が道を――いわば山道をひたすら歩んでいたが。しかし、バスサクソフォン――それはもっと謎めいたものだった（こういうめったに使われることもなければ、ほとんど使いものにもならない楽器の意義など、私の理解を超えていたのだ。それは私がマイダネク、アウシュヴィッツ、トレブリンカ[*2]という、のちに悪魔の辞書に加えられる名称に囲まれたヨーロッパの真ん中で育ち、コンプレックスにひた悩む若者だったからなのかもしれない。だからといって、この人生、何を選べるというのか？　何も選べやしない。なんだってひとりでに決まってしまうのだから）。

蜂蜜菓子のような小春日和が広がるなか、こうして銀色の魚の幻がぱっと視界に飛び込んできたの

＊1　一九二〇年代、チェコスロヴァキアで興ったアヴァンギャルド芸術運動。
＊2　いずれもポーランド内のナチスドイツの強制収容所。

だった。私は初めて人形を目にした子どものような目つきでその魚を見つめた。だがそれはほんの一瞬だった。パルプの上着のじいさんが腰を屈め、関節のきしんだ音が響いたと思ったら――戦争と、駅の構内で寝泊まりしたことがたたって患ったリューマチのせいだ――しゃがんだままふたを閉めてしまったからだ。そして、壊れた留め金をひもで結び始めた。こんばんは。私は声をかけてみた。それ、バスサクソフォンですか？　そんなことは分かっていたが、私はバスサクソフォンの話が聞きたかった。バスサクソフォンの話がしたかった。音を聞いたこともなく、ただベンノがプラハの世渡り上手のユダヤのおじさんのところからくすねてきた、手垢まみれの本でかじったことがあるだけだった。しかもその本だって中身はフランス語だった。つまり、さっぱり私がやる気を見せなかったので（だって私は五コルナの教本をたよりにこっそりブルースのことばを勉強していたのだ）、フランス語の先生に「あきれるほど才能なし」とレッテルを貼られたことばだ。その「ル・ジャズ・オット[*1]」は、くだんの世慣れたユダヤ人のおじさんがパリで買ってプラハに持ち帰ったもので、それをベンノが勝手にコステレッツに持ってきたのだった。だから今や、戦争まっただなかの中央ヨーロッパの地方小都市で、川べりに立つ大邸宅の一室、革の装丁本が並ぶベンノの親父さんの書斎に、天使から授けられたモルモン書のように並べられていた。そして天のことばで記されたモルモン書と同じように、その本が私に語りかけてくることといったら、楽器の名前（バスサクソフォン、サリュソフォン、カウベル、メロフォン）、人の名前（トリキシー・スミス、ビックス・バイダーベック、バド・フリーマン、ジョニー・セント・シル）、地名（ストーリーヴィル、カナル・ストリート、ミレンバーグ)、バンド名(コンドン&シカゴアンズ、ウォルヴェリンズ、オリジナル・ディキシーランド・バンド)くらい、つまり、罪のないカルト、エイドリアン・ロリーニ[*2]の国境を超えたことばだけだった。この人のことだって、名前しか知らなかった。シカゴのバスサクソフォン奏者だが、演奏も聞いたことはない。知っていたのはただ、ラッパ吹き込みで録音していた頃の古き良きバンドによく参加していたということだけだった。

じいさんが腰をあげ、また関節がいやな音をたてた。パルプ生地が当たるせいで膝のあたりが大きく腫れている。頭は殻にひびが入ったゆで卵のようにいびつにゆがみ、片目が頬にくっつきそうなほどずり下がっている。そしてその青ばんだ片目のすぐ下を、金色の口髭が走っている。チェコ語は分からん《フェアシュテーエ・ニヒト・チェキッシュ》、じいさんが答えた。もう一方のなんともないほうの目が動き、私の格子縞の上着の上をはいまわると、2ND TEN. SAX(セカンド・テナー・サックス)と縫い取られた腕章の上で止まった。それ、バスサクソフォンですか《ダス・イスト・アイン・バスザクソフォーン・ビッテ》、私はもう一度、ドイツ語で訊いてみた。この一言でもう、私がチェコ民族の社会から追い出されたも同然だった。ドイツ語は強制された状況でのみ使うものだからだ。最初にドイツ語が聞こえてきた時点で立ち去るべきだったのだ。バスサクソ

*1 フランスのジャズ評論家の草分け、ユーグ・パナシェが著した本。
*2 ジャズ古典時代のバスサックス奏者。一九〇三〜一九五六。

フォンに別れを告げるべきだったのだ。だがこの世には、民族よりももっとかけがえのないものがある。ダス・イスト・アイン・バスザクソフォーン・ビッテ？　だから私は尋ねた。すると、青みがかった目ではなく、私の腕章の上で止まっていたまともなほうの目が、またまた探るようにゆっくりと、すこしばかり小馬鹿にするような色を浮かべて格子縞の上着の上を滑り出し、首まわりの黒いひもを伝ってポークパイハットの大きな鍔《つば》（私は「潜水ガモ族《ポタープカ》」*1、ゲーブルを気取ったシャレ者だった。そう、まさにそのとおり。これには政治的な意味もあって、野党びいきであることの名刺代わりだった。でもそれだけではない。これは神話とも——青春の神話、神話の神話とも結びついていたのだ）に行きつくと、そこで折り返して私の顔の上で止まった。値踏みしたわけだ。ああ、そうだ《ダス・イスト・エス》、じいさんは答えた。あんたもサクソフォンを吹くのか《ドゥ・シュピールスト・アオホ・ザクソフォーン》？（ずいぶんと気安い口調だったが、気にはならなかった）。ええ、私はうなずいた。おじいさんもですか《ズィー・アオホ》？　じいさんは答えずにまた屈みこんだ。また関節がぎしぎしと鳴った。まるで一挙一動ごとに、からだじゅうの骨がダムダム弾で砕かれているようだ。それにしてもどうやって五体を保っているのだろう？　きっと気力、それだけだ。爆撃をことごとく生きのびたものの、からだじゅう、肝臓も、肺も、腎臓も、そして魂までもかじられて砕かれたために、どのみち早々と死ぬことになった人たちが持っていた気力。じいさんのしみだらけの指がひもをほどく。指が震えている。棺桶が開くと、司教の杖のように巨大なものが横たわっているのが見えた。またもや関節がきしんだ音を立て、またしてもじいさんが私を見上げた。私はバスサクソフォンを見つめた。信じられないほど長い管体を、金属のループの細長い首を。ロヘルニツェのバリトンサックスのように色褪せて目がつぶれている。こういう楽器はもはや作られなくなって久しい。いずれもはや古き良き明るい時代の遺産なのだ。今生産されているのは、対戦車ロケット砲《パンツァーシュレック》だけ、筒状の鋼鉄のプレートだけだ。吹きたいか？《モホテスト・ドゥス・シュピーレン》 じいさんが蛇のように訊いてきた。吹きたい。だってこれはりんごで、私はイヴだからだ。それともじいさんが、片目がめくれあがって金の髭の輪で覆われた、おぞましくも気の毒なイヴで、私はアダムなのだろうか。私のなかで民族というものが頭をもたげ、人間性がしぼみだした。理性の声、あの愚かな声がした。しょせんただの楽器じゃないか。大体ここはチェコの町、コステレッツなんだぞ。子どもが口をつぐみ、人形がまぶたを閉じた。私はもう十八、大人なのだ。ちらりとじいさん、あのおぞましいイヴを見やると、視界の端に灰色のマイクロバスが映った。市庁舎の仰々しいNSDAP（国家社会主義ドイツ労働者党）の何気なく目にした掲示板のどこかに、「ローター・キンゼとエンターテインメント・オーケストラ《ローター・キンゼ・ミット・ザイネム・ウンターハルトゥングスオルケスター》がやってくる」と書いてあったが、まさしくそれと同じ文句が、消えかかった字で灰色のマイクロバスに描かれていた。ローター・キンゼとエンターテインメント・オーケストラ。掲示板にはさらに、コステレッツのドイツ人社会のためのコンサート《コンツェルト・フュア・ディー・ドイッチュ・ゲメインデ・イン・コステレッツ》とあった。つまり地元のナチス、ここで生まれ育ったナチス（ツェーア氏、トラウトネル氏、ペロッツァ・ニクシッチ氏）のため、安全な保護領

＊1　「レッド・ミュージック」23ページの注を参照。

で英気を養うために帝国から押し寄せてきたナチスの職員らのため、エルンスト・ウデット兵舎《エルンスト・ウデット・カゼルネ》の空軍の相談役のため、そしてドイツ民族のコミュニティの目など気にせずにチェコ人と付き合い続け、チェコ語を話しているクライネンヘア氏のためのコンサート。いずれにしてもドイツ人だけで、チェコ人はお断りのコンサートだった。だから私は受けて立つことにした。愛をもって殺すのではなく（汝の敵を愛し、汝らを責むる者のために祈れ）、憎しみでもって応えるのだ。憎しみなどは私にはなかったのだが。この目の不自由なじいさんにはもちろん、忠実なブルテリアのように私の姉をつけまわしていたエルンスト・ウデット兵舎の軍曹《フェルトヴェーベル》（だかどの階級だったか）に対しても。その男は、私の姉がビール醸造所の事務所から帰宅する際、決まって姉に声をかけてきたものだった。そのたびに姉はわきまえたチェコの娘らしく、足早に立ち去った。それでも軍曹は鷹と鉤十字の制帽の下からドイツ風の切なげな眼差しを、やせこけて表情に乏しいプロシヤ的な風貌からあこがれの眼差しを向けるのだった。けれども姉はきちんとしたチェコの娘だったし、それに彼を怖がってもいた。むしろその気持ちが強かったのかもしれない。姉は優しい人だったから。ある日、私は堤防の上に腰かけているその軍曹を見かけた。レドゥーエ川がざわめき、柳がそよぎ、灰色の雲が黒い東の空に向かってのびていた。彼は座って、長靴《ちょうか》を草の上に置き、青い手帳に何かを書きつけていた。堤防にしのびよって木の節穴からのぞいてみると、鉛筆をにぎっている手の先に、ドイツ文字でつづった文面がちらっと見えた。「赤い雪の降る冬の嵐がじきにやってくる《バルト・コメン・ヴィンターシュテュルメ・ミット・デム・ローテン・シュネーン》／ああ、アンナ《オー・アンナ》、このむごい黄色の道を私のところまで来ておくれ《コンム・ツー・ミア・デン・グラオザーム・ゲルベン・プファート》／冷たい風が頭の中を吹き抜ける《イン・マイネム・ケプフェ・ケルテ・ヴィンデ・ヴェーエン》」。以来、彼を見かけることはなかった。小隊だか中隊だか知らないが、所属する部隊にまもなく前線への移動命令が下ったのだ。アンナというのは姉の名で、姉はその後も醸造所からの帰り道、マロニエの並木道を通り続けた。並木道は夏が終わると黄色く色づき、だいだい色に染まり、やがて死に絶え、黒い裸木だけが残された。だが、それでもやはり私はかぶりを振った。それでもやはり背を向けた。丸屋根の教会のそばにはカーニャさんも立っていて、こちらをうかがっていた（以前、二年前にはそこにヴラディカさんが立っていてやはりこちらを見ていた。私がホテルの前で、万事うまく行きますよ、とカッツ先生を励ましていたときだった。私たちはいつもどこからか某カーニャとか某ヴラディカに見張られている。恐ろしい世界だ。あの視線から逃れるすべはない。唯一、私達が何にも首を突っ込まず、大した人物でなければ……。けれども、そうやって自分を守り通したとしても、たぶんだめなのだ。彼らは私たちを罰することができる、あるいは私たちを通じて私たちの親や知人、愛する友たちを罰することができる、と見るやいなや私たちを追いまわす。この視線を払いのけることは決してできない。他人の目、それは同胞による地獄なのだ）。私は立ち去ろうとした。じいさんの手が私の肩をつかんだ。鉄の鉤爪のような感触、だがわりと柔らかだった。ゲシュタポではなく、しがない一兵卒の手。こういったやせこけた骸骨たち、この汚らしい旗印の元に集められた者たちの手には、優しさがあった。とりわけ、敗北から戻った者たちの手には。もっとも彼ら、この骸骨たちには、常に敗けしかないのだが。待ってくれ《ヴァルテマル》、声がしたが、二重に聞こえる声だった。声帯が縦にまっぷたつに割れたような、ぎしぎしという二重の音。手伝ってくれんのか《ウィルスト・ドゥ・ミール・ニフト・ヘルフェン》。

このくそばかでかいサクソフォンはわしには重すぎるんだ《ディーゼス・フェアダムテ・リーゼン・ザクソフォーン・イスト・ツー・シュヴェア・フュア・ミヒ》。

私は立ち止まった。カーニャさんがポケットから煙草入れを取り出し、一本に火を点けた。私は振り向いた。恐ろしい民話の一場面のように、じいさんの不自由な目が私をねめつけている。だがじいさんの足元には色褪せたビロードのクッションを敷きつめた黒い棺があって、バスサクソフォンが横たわっていた。子どもが再び目を開けた。人形がおしゃべりを始めた。大きな管体のキイの上に、馬具飾りのように大振りなキイの上に、一瞬小さな太陽たちが腰かけた。ああ、バスサクソフォンだ《ヤー・バスザクソフォーン》、じいさんがうなずいた。音を聞いたことはあるか？　鐘のような音だ。とても悲しげなね《ゼーア・トラオリヒ》。人間味に溢れた、声帯のきしんだ音がうずまき、私はまたもや軍曹のことを思い出した。レドゥーエ川の岸辺で手帳に詩を書き散らしていたあの姿を。不器用な亀さながらに姉の無理解の盾にぶつかっていった軍曹を。軍服とりの人間という単位を。巨大な戦争で失われたひとりの生きた人間を、ひとりの男たちのなかで明らかに孤独だったあの人を（あれはSS[*1]の兵舎ではなかった。ただの普通の独軍兵舎だった。でもSSの兵舎だったとしても……実際そうだったのかもしれないが……私たちの人生の行く末は、神のみぞ知ることなのだ）。私も姉も、もう彼に会うことはあるまい。私はその悲しみの楽器を見つめた。心のなかで、はるか昔の金属製譜面台の向こう側に、無名のエイドリアン・ロリーニが敢然と立ち上がった。鐘のごとく悲しげな音。とたんにまた人形が口をつぐんだ。申し訳ないですが急ぎますので《エントシュルディゲン・ズィー》。私はそう言って背を向けた。最後の土壇場で裏切りから、カーニャさんの視線から自分を救うために。ところが骸骨の鋼鉄の手がぐっと私を押さえつけた。

だめだ《ナイン》、行かせんぞ《ドゥ・ゲースト・ニヒト》！　声が仮面をかぶった。しかしそれは単なる仮面で、仮面の下には何か問題を抱えた不安げな顔が見え隠れしていた。それがどんな問題なのか、私にはまだ分からなかった。サクソフォンを運ぶのを手伝ってくれ《ドゥ・ヒルフスト・ミール・ミット・デン・ザクソフォーン》！　私は手を振り払おうとしたが、ちょうどそのとき、ホテルの玄関から軍服姿の大男が出てきて仁王立ちになり、黄色い顔を太陽に向けた。顔がレモン汁の大きな水たまりのように輝き、灰色のふたつの目がかっと見開いた。レモンの墓場からのぞいているノスフェラスの吸血鬼のようだ。だめです《ナイン》、本当にできません《イッヒ・カン・ヴィルクリヒ・ニヒト》。行かせてください《ラッセン・ズィー・ミフ・ロス》。むりやり骸骨を振り払おうとしたが、骸骨は私にしがみついて叫んだ。少尉殿《ヘア・ロイトナント》！　灰色の目が私を捉えた。私は一瞬躊躇して、目の端でカーニャさんが安全な場所に退いたのを確認した。彼が同意するように首を縦に振ったように見えた。じいさんがノスフェラスの吸血鬼の顔の男と何か言葉を交わしている。それならそれで、自分の意思でやった、ということにはならない。強制されてやるなら問題はないさ。少尉が訊いてきた。なぜ手伝ってあげないのですか。お年を召した方なのに。お年寄りなのですよ《アイン・アルター・マン》。私は少尉を見上げた。大男だが顔つきは悲しげで、兵士の仮面をつけているだけだった。知的な顔に灰色の目が北方の卵のように収まっている。それにあなただってミュージシャンじゃないですか《ウント・ズィー・ズィント・ノホ・アオホ・アイン・ムーズィカー》、そう言った。サクソフォンを持っておあげなさい。私は従った。鉄の手が離れた。私は黒い棺を肩にかつ

＊1　ナチス親衛隊の略称。

ぐと、じいさんについて歩きだした。この恰幅のいい大男も手帳を持っているのではないだろうか。ありうる、きっとそうだ。どならなかった。命令口調ではなかった。ズィー・ズィント・ノホ・アオホ・アイン・ムーズィカー。

私はバスサクソフォンをかついでホテルのロビーを進んだ。ロビーは前に来たときから大きく様変わりしていた。別の世界に足を踏み入れたようだ。コステレツではない。邪悪な太陽を白と黒で描いた赤地の旗、かの人物のブロンズの胸像（戦後、私たちがこれを叩き壊したら、ブロンズ像ではなくて張り子だと分かった）。チロルの民族調のスカートをはいたフロントの女性、ところどころに立つ兵士。彼らのあいだを私は黒いケースに入ったバスサクソフォンをかついで進んでいった。バスサクソフォンにはドイツ人も非ドイツ人も関係ない。あの人物がまだ表舞台に登場していなかった頃、二〇年代に作られたものなのだから。

それからココナッツの繊維で織られた絨毯《じゅうたん》の階段をのぼって、二階にかついでいった。ベージュ色の廊下、また別の世界。小市民が夢に見る豪華さ。クリーム色の部屋のドアには真鍮《しんちゅう》の部屋番号がついていて、しんと静まり返っていた。どこかのドアの向こうでその静寂を突き破る鋭いドイツ語の声が上がった。

じいさんが——今気付いたのだが、彼は足が悪いようだ。足はきちんとあるのだが、片方の足を後ろに引きずっている。問題のないほうの足が床についても悪いほうの足は床から離れず、横向きになって足の裏でココナッツの絨毯を埃ごと引きずってから、ようやくその足に体重を移すのだ——

12aの番号の部屋（客足が遠のくのを恐れてこのクリーム色のドアに真鍮の13番をつけるのを忌み嫌ったとは、なんとすばらしく平和な時代だったのだろう。つまり、きっと自家用車の持ち主である旅行客は、ホテルサービスを使えるぐらいだから金持ちであること請け合いで、そんな御仁なら不吉な番号の部屋で眠るのを嫌がって、愛車を駆って安全な夜のなかに走り去ってしまうかもしれない、と考えたのだ。ライバルの隣町へ、別のクリーム色の部屋へ、むなしい、とうに過ぎ去った夜、忘れ去られた夜のなかへ……。すべての物、すべての人が忘却の彼方に去ったように……。そして、12aという番号だけが残ったのだ）のドアノブに手をかけ、ドアを開けた。うながされるままにバスサクソフォンをかついで部屋に入ったものの、すぐに疑問がわいた。なぜこんなところへ？　金箔の家具が置かれた婦人の間《ま》へ？　ふつう大型の楽器はこういうところには運ばない。こういった楽器の置き場はステージ裏の楽屋とか、ホテルの奥にあるホールのそばと決まっている。なのにどうしてここへ？　罠じゃないのか？　何かのたくらみか？　だがすでにじいさんがドアを閉め、私の目には金箔のベッドのなかの男が映っていた。といっても見えるのは顔だけだ。体はホテルの藍染めの布団の下にかくれ、半開きの口で音もたてずに呼吸し、まぶたは閉じている。小春日和の黄色い日差しがカーテンを突き抜けて、黄金色のランプのように部屋を照らし出している。さながら幻を目撃して息をのむ民と、彼らの上に降り注ぐバロックの太陽が描かれた、古い木版画のようだ（構図で足りないのは、ナイーブな聖母と、屋根から転落し、まさに危機一髪のタイミングで現れた聖母に救われる屋根葺き職人だけだ）。だがこれは――巨大なケースのなかに隠された化石のような楽器を別にすれば

――幻ではなかった。金色のベッドに眠るただの男だった。口をだらんとあけた表情、気管支から弱々しく吐き出される息。この気管支はきっとつい最近、東部戦線の凍てつく風か、エルアラメイン[*1]のような砂漠に閉じ込められた町の砂にさらされてきたのに違いない。ポエティズムの詩人が思い付くような名を冠し、漂白した人骨とヘルメットをすりつぶした粉でできた建物が軒を連ねるこうした町は、どこかの現代版ヒエロニムス・ボス[*2]が、しのびよる暗黒時代のネオバロック絵画を描きあげるための構図になるのだ。男の力のない吐息の向こうには、シエスタの午後の静けさと、ベッドとちぐはぐな様式の化粧台の上から投げかけられる真鍮の丸ランプの光と、イエス・キリストとおぼしきバラ色の天使とバラ色の娘が描かれたバラ色の絵、そして静寂が漂っていた。その静寂を突き破って彼方から聞こえてくる、神経質そうな甲高い危険な声。私はじいさんを振り返った。ベッドの男は動かない。じいさんの片目が私をじっと見ている。ただし頬の上の目、見えていないほうの目だ。やはり遠くの声に神経をとぎすましている。そのとき私は気付いた。遠くではない。その声は壁一枚へだてただけの、むしろ油断ならないほど間近から聞こえてきているのだ。もういちどじいさんを、もうひとつの目を見ると、その目も声の危険性を裏付けていた。もっとも、恐怖の色はない、不安だけだ。老人（アルマゲドンの生存者の幻）はもはや一切の恐怖の外にいた。あまりに多くの死を見てきたために、死はもはや関心事ではないのだ。死や苦痛（苦痛はおそらく死よりももっと多く味わってきただろう）さえ恐れるに足りないとしたら、何を今さら恐れるものがあるだろう。だからせいぜい、彼が感じるのは、不安や気がかりといったものなのだった。では《アルソ》、失礼します《アオフ・ヴィーダー・ゼーエン》。私はそう言って、きびすを返した。じいさんが木の根っこのような手で制した。待て《ヴァルテ》、耳をすましたままで言った。じいさんは、壁の向こうの怒りをはらんだ小人の声に耳をすますのをやめようとしなかった。十秒、三十秒、一分ほどがたった。もう行かないと《イヒ・ムス・ショーン》、だが根っこのような手がいらいらしてじれったげに振られた。私はバスサクソフォンの入ったケースに視線を落とした。ケースもまた、昔日の名残りをとどめていた。こんなもの、もう作れないだろうな。祖母の持ち物だったビロードの装丁の家族アルバムのように、角に金具の装飾がほどこされている。見てもいいぞ《ドゥ・カンスト・ディーア・エス・アンシャオエン》。二つに裂けた声帯がきぃきぃ鳴った。じいさんだ。壁の向こうの声ではない。あちらの声の声帯はまともだ。あの声帯の持ち主は、声帯で生計を立ててきたのだ。もし、声帯に腫瘍でもできようものなら、あるいは結核菌のコロニーに冒されたりしたら、一巻の終わりだろう。あの声の主は、声より長生きすることはできまい。声自体《アン・ズィヒ》が彼の存在、社会的地位の源であるからだ。声自体が生命線であって、声の中枢がある脳ではない。あの声は脳の中枢に支配されているのではなく、自身で自身をつかさどり、中枢を支配しているのだ。じいさんの声がした。見てもいいぞ《ドゥ・カンスト・ディーア・エス・アンシャオエン》。なんなら《オーダー・アウホ・アオスプロビーレン》、吹いたっていい《ヴェン・ドゥ・ヴィルスト》。私はじいさんをちらりと見た。両目はもはやあの声を追っておらず、優しげとも言える表情をたたえ

＊1　第二次世界大戦の戦場になったエジプト北部の町。
＊2　フランドルの画家。代表作のひとつに細密画「快楽の園」がある。

てこちらに注がれていた。はい《ヤー》、私はうなずいた。ぜひ吹いてみたいです《イヒ・メヒテ・ゲルン》。それにしても《アーバー》……私は金具の装飾に視線を移し、ケースを開けた。バロックの光線の束がベルをなでた。昔のナイトクラブの楽士たちの唾が乾いてできた緑青だらけの金だらいを。これ、センセーションですね《ダス・イスト・アイネ・ゼンザツィオーン》。私なりに精一杯の賛辞をドイツ語で表現した。そしてケースに手を入れて、病人を起こしてやるようにそっと楽器を起こした。それが私の前にそそり立った。頑丈な銀メッキのワイヤー、ワイヤーの網、ギア、梃子《てこ》でできたメカニズム、巨大でおよそ意味のない機械のメカニズム、頭のいかれた発明家の特許品。私の腕のなかで、それはてっぺんがとがった円錐状のバビロンの塔のようにそびえ立ち、あこがれ、希望、愛、信仰心に満ちた私の顔が、使い込まれたキイの上に何百個も現れた（他愛もないことは分かっている。だが愛というものはいつだって他愛もないものなのだ。信仰心も同じだ。古今東西のどの哲学よりも、私はそれに魅了された。どんなヴィーナスよりもあこがれた。もちろん、コステレッツの広場にたむろするヴィーナスたちよりも、ほかのどんなヴィーナスよりも、たとえばミロのヴィーナスよりも。使われることもなければ、使いものにならないも同然の楽器、楽器職人の悪夢、ピストントランペットと金属製クラリネットの制作に取り憑かれ、とうの昔に亡くなった男の酔狂なジョークに、私はあこがれた）。それは馬鹿げていて怪物じみているが、美しかった。ベージュと金色が混ざった町ホテルの一室で、おずおずとした手つきで抱かれ、まるで黄金の海に水没して目が見えなくなった銀の塔のように、立っていた。そしてその後ろ、世界の反対側の端のシカゴにはロリーニの幻……。

　私は後ろを振り返った。ふと、ひとりきりにされた気がしたのだ（ベッドの男を除いては。だが男は眠っていた)。案の定だった。私はバスサクソフォンをビロードの底にそっと横たえ、ドアに近づいて取っ手を触った。熱っぽい手で触られたばかりなのだろう。まだ温もりが残っていた。取っ手自体も、もう一方の端に真鍮の球がついた心棒をにぎっている真鍮の手なのだ。取っ手を回してみたが、びくともしない。私は、ベージュがかった黄金のランプに照らされたような部屋に閉じ込められたのだ。

私は光の方を振り向いた。ビロードの棺に横たわる盲目の銀色の体の上で、季節外れのハエがもがいている。ハエは羽音を立て、バロック柄のリボンのような光線に塵がきらめく、宇宙の雨のなかを飛びまわった。私は壁に近づいた。

壁紙は古く、染みだらけだったが、ベージュ色の壁には、色褪せてはいるものの、鳩の絵がまだ艶《つや》を放っていた。私は鳩のきゃしゃな胸に耳を当ててみた。声が迫ってきた。ぴかぴかに磨きあげられた威圧的な長靴《ちょうか》が発するヒステリー、いらだちと怒りをむきだしにした、耳ざわりで意味のよく分からない繰りごとが、くどくどと続いている。聞きおぼえのある声だ。言っていることは分からないが、毛のふわふわした鳩の向こう側、この部屋と同じベージュ色の部屋で炸裂している大音声が、誰のものであるか、ぴんときた。ホルスト・ヘアマン・キュール。この金切り声をあげながら、ソコル[*1]

*1 「レッド・ミュージック」21ページの注を参照。

の集会所の鉄の階段をてっぺんまで駆け上がり、そこから別の鉄の小階段を伝って、映画館の映写室に飛び込んだ男。私はその場にはいなかったのだが、映写技師のマフからあらかたは聞いている。ぬっと鉄の階段に黒い長靴が現れたこと。長靴が現れると同時に、もしくは現れるよりも早くどなり声が響きわたったこと。一体これはどういうことだ《ヴァス・ゾル・ダス・ハイセン》！　これは挑発だ《ダス・イスト・アイネ・プロヴォカツィオーン》！　と、その声は毒をまきちらす爆竹のごとく猛り狂ったこと。つまり、かの声のパワーが、あまりに強烈だったので（かの声とは別の人、黒人女性歌手の声のことだ。どうやら、エラ・フィッツジェラルドだったらしいのだが、私は知らなかった。なにしろ、レコードは昔のブランズウィック盤、スターたちの栄光の時代をさらにさかのぼる時代のもので、ラベルにはチック・ウェッブ・オーケストラ&ヴォーカルコーラスとしか記されていなかったからだ。その曲は、サックス奏者が短い泣きのソロを披露していたが、それがコールマン・ホーキンス[*1]で、歌っているのがフィッツジェラルド、あの声だったらしいのだ）、ニュース映画が終わって、クリスティーナ・ゾーダーバウム[*2]か、もしかするとハイデマリー・ハットハイヤー[*3]の映画が始まるまでの休憩を満ち足りた気持ちでくつろいでいたホルスト・ヘアマン・キュールを、コステレッツという限られた世界における全能者を、ソファから飛び上がらせたのだ。キュールは黒人のエラを耳にしたとたん（「アイ・ガット・ア・ガイ、ヒー・ドント・ドレス・ミー・イン・セーブル、ヒー・ルックス・ナッシング・ライク・ゲーブル、バット・ヒーズ・マイン」）、快適なソファから跳ね起き、発情したオスネズミ（すべてはコステレッツのミクロ世界のサイズだった）のような甲高い笛の声をあげ、ソファのあいだの狭い通路をロビーへ突進し、階段を上へ、鉄の小階段を屋根へと駆け上がり、鉄の（小階段というより）はしごを伝って映写室に飛び込むと、金切り声とともにそのレコードを引ったくり、立ち去った。そしてマフは私を売った。売ったのだった。マフはどうすればよかったか。なぜチック・ウェッブ[*4]のレコードがまぎれこんだりしたのか分からない、としらばっくれることもできた。これはわりと功を奏するのだ。間抜けのふりをするという、あの折り紙つきのチェコの処方箋を試すこともできた。これはわりと功を奏するのだ。連中は間抜けなシュヴェイク[*5]を憎からず思っていたからだ。シュヴェイクとのギャップで自分たちのやかましさがいかにも賢く輝くというわけだ。だがマフはそうした機転が利かず、私を売ったのだった。

本当に私は犯罪を犯したのだった。今から考えると、信じがたいほどなんでもかんでも罪になった（なりうる）時代だった。とにかくなんでもなのだ。インドネシアのビートルズ風へアカットです

＊1　アメリカのジャズサックス奏者。一九〇四～一九六九。
＊2　スウェーデン生まれのドイツの女優。一九一二～二〇〇一。
＊3　オーストリアの女優。一九一八～一九九〇。
＊4　アメリカのジャズドラマー。一九〇九～一九三九。
＊5　ヤロスラフ・ハシェク作『善良なる兵士シュヴェイク』の主人公。愚直に命令に従うようにみせて、逆に相手をやりこめてしまうシュヴェイクは、しばしばチェコ人の気質に例えられる。

らも（これは今の話だが、いつの世も、こうした権力というのは腐りきった弱さが浸み出したものなのだ）。私たちのダックテールだってかつては犯罪だった。梅毒らしきウェイターが眉をひそめるような、若い男の女のようなカールが罪になるように。それに、親父がコリッチョナーさんと話している場面を押さえられたこと。ショウジョウバエが生物学的実験に適していると確信すること、スラングを使うこと、大統領夫人の小ばなし、偶像の奇跡的な力を信じること、偶像の奇跡的な力を信じないこと（それに至る所にはあの目、カーニャたちやヴラディカたちのスパイの目が光っていた。それに耳。そして小さな報告がファイルカードになり、パンチカードになり、おそらく何よりも早くサイバネティック化されて、サイバネティクスカードになったのだ）。その頃私は映画館用のスライドを描いていて、鉄の小階段から映写室に納めていたが、独りこもった暮らしで、美の悦びとか、快楽による快楽が抑えつけられていたために、あんな手を思いついたのだった。あの貴重なレコードは家にあったもので、私は毎晩寝る前にベッドにもぐりこんでから、ベッド脇に置いていた戦争中の手回し式蓄音器で聞いていた。〈ドクター・ブルース〉、〈セント・ジェームス病院〉、〈ブルース・イン・ザー・ダーク〉、〈スウィート・スー〉、〈ボズウェル・シスターズ〉、〈ムード・インディゴ〉、〈ジャンプ・ジャック・ジャンプ！〉ところがある日、電気蓄音器が回っている映写室で、下のホールに〈へい、ママ！〉[*1]の曲が再生されているのを見て、あの一計が湧いたのだった。私は腹をくくり、宝物のレコードを映写室に貸し出すことにした（マフがうっかりヴォーカル入りの曲をかけてしまったりしないように、ヴォーカルの曲には目印のシールを貼っておいた）。そして、政府の特別委員《レギールングスコミサール》をはじめ、観客が映画「墜落パイロット《デア・ブルフ・ピロート》、クヴァックス」が始まるのを今かと待っているなか、私はフォックストロットの〈コンゴ〉でチック・ウェッブのドラムの最初の一打——映画館の客席に並んでいる頭への美の注入、美の増幅——がとどろくのを待ちかまえた。そしてついにあの至福、あの素晴らしい一打が振り下ろされるや、私は窓から下をのぞきこんでみたが、不可解なことに、頭はひとつも上がらず、目も丸くならず、おしゃべりもやまず、戦時中の酸味のきついガムをかんでいるあごの動きも止まらず、観客たちはなおもヒソヒソとくだらないよもやま話に興じているのだった。何も起こらなかった。それから、マフがドジを踏んだのだが（のちにマフは、その面のシールがはがれていたと弁解した）、それでも客席はチックのバンドの酔わせるようなサックスのスウィングを無視して、えんえんとヒソヒソ話を続け、エラが鼻にかかった声で歌いだしても（「アイヴ・ガッタ・ガイ、アンド・ヒーズ・タフ、ヒーズ・ジャスト・ア・ジェム・イン・ザ・ロード、バット・ウェン・ナイ・ポリッシュ・ヒムアップ、アイ・スウェアー……」）、ヒソヒソ話を続け、たったひとり、ホルスト・ヘアマン・キュール氏だけが口をつぐみ、聞き耳をたて、神経をとがらせ、それからわめき散らしたのだった（残念ながら、無関心よりも憎しみの方が、愛情の不足よりも憎しみの方が、いつだって敏感なものなのだ）。

＊1　ポルカの曲名。

レコードは戻ってこなかった。行方は分からずじまいだった。かの人物の等身大の肖像画をまつった祭壇（そう、祭壇だ）がでんとあぐらをかいているキュールの五部屋のマンションのどこかに埋もれてしまった。そして戦後、武器を手にした他のミュージシャンたちと私がそこに踏み込んだときにはもう、レコードは影も形もなかった。そこはもぬけの殻で、男の肖像画だけが置き去りにされていた。肖像画は一足先にここに来た者たちの手で、鼻眼鏡とあご髭と、軍服のズボンからばかばかしいほど長くすっ飛び出たペニスが落書きされていた。ホルスト・ヘアマン・キュールはまんまと逃げうせたのだ。家財道具ごと。財産ごと。おおかた彼女、黒人女のエラも持ち去ったのだろう。もしかするとその刹那、頭にきて粉々に叩き割り、くずかごに放りこんだのかもしれないが。私にはなんのおとがめもなかった。父が人脈、コネ、仲裁人、賄賂の仲介者の歯車をフル回転させて、キュールの気を鎮めてくれたのだ。わが家は町の名士だったので（ところが戦争末期、父はまさにこれが災いしてしょっぴかれた。というよりもこのせいで、時代を選ばずに拘留されてきた。地位などというものはいつだって相対的なもので、それで命拾いすることもあれば、足元をすくわれることも少なくないのだ。それにつねに憎まれ、つねに衆目にさらされる。庶民にまかり通らないことがまかり通り、庶民にまかり通ることがまかり通らないのだ）、ことなきを得たのだった。挑発（コステレッツのドイツ人たちは、クリスティーナ・ゾーダーバウムのロマンスを期待していたのに、私が黒人女のエラの英語の歌をかけて公共のモラルを低下させたこと）は、忘れ去られた。

ホルスト・ヘアマン・キュールは沈黙を貫きとおした。おそらくマインル[*1]のラム酒か何か似たようなもので買いとられた沈黙だ（その昔、家畜で代金を払ったように、現代世界ではアルコールで代金《ペクーニア・ア》を支払《ルクニア》うといったところか）。

そんなわけで、ホルスト・ヘアマン・キュールの声は一発で分かった。簡単なのも道理、話しているところなど見たためしがなく、黙っているか、わめいているかのどちらかだったからだ。今は、私が耳を押し当てている柔らかな鳩の胸の向こう、銀色の鳩が群がっているベージュ色の壁の反対側でわめいていた。わめき声の中身はちんぷんかんぷんだった。鳩の鼓動のようなことばのつぶてが、猛烈な勢いで耳朶を打ち、意味にならないとぎれとぎれのことばが聞こえてくるだけだ。……まだ大して歳ではない《ノフ・ニヒト・ゾー・アルト》。……東部戦線では《アン・デア・オストフロント》……どんな言い訳もきかない《ギープツ・カイネ・エントシュルディグング》……ドイツ人の誰もが《イェーダー・ドイチェ》……今日は兵士なのだ《ホイテ・アイン・ゾルダート》……それはドイツ文字で青い手帳に書き込まれた、悲しみにくれた軍曹のことばとはまるで相容れないものだった（もっともどの言語にもことばはふたつある。階級による違いでもなければ、いわゆる美しいことばと品のない隠語の違いでもなく、その境界は内的に存在するのだ）。ホルスト・ヘアマン・キュールは、あのヴェルネル視学官と同類で、たったひとつしかことばを使えなかった。ヴェルネルとは、廊下にいた見回りの学生たちのなかを弾丸のごとく突っ込んで（私たちの第四テナーサックス奏者のレクサは、いちど奴と衝突し、ありがたくない称賛をちょ

＊1　高級食料品店ユリウス・マインル。

うだいするはめになった。ヴェルネルは敵を作るのが好きなタイプだった）、教室に押し入り、きゃしゃで結核持ちのドイツ語教師にえらいけんまくで罵声を浴びせた冷血漢だった。教師は首を一方にかしげ、冷静に、キリスト教徒らしく落ち着き払った態度で大人しく聞き入った。たぶん運命と思ってあきらめていたのだろう。逆上し、吠え、怒りに燃えたヴェルネルの口からは、野郎《ケルル》、クソ《ドレック》、ブタ《シュヴァイン》、畜生《シャイセ》といったことばが飛び出した。意味は分からなかったが、教師をほめているのではないということだけは明らかだった。教師はそれでも耳を傾け、そして視学官がひと息ついた瞬間を利用して、噛んで含めるように言った。静かに、だがはっきりと堂々と、ほとんど崇高さをたたえながら。わたくしはゲーテのドイツ語を教えております《イヒ・レーレ・ゲーテズ・ドイッチュ》、視学官どの《ヘア・インスペクトル》。豚のドイツ語ではありません《イヒ・レーレ・ニヒト・シュヴァイン・ドイッチュ》。ふしぎなことに、世も末の嵐は吹き荒れなかった。視学官は黙り込み、しゅんとなってまわれ右をすると立ち去った。長靴《ちょうか》の靴墨の悪魔のような香りだけが残った。

何も聞くつもりはない《イヒ・ヴィル・ニヒツ・ヘーレン》！　今夜を待つ《イヒ・エアヴァルテ・ホイテ・アーバント》。壁の向こうのホルスト・ヘアマン・キュールの支離滅裂などなり声が、ふたたび火を噴いた。（壁の向こうで）誰かが何かを言いかけたが、ムチのようなテノールに遮られた。私は鳩の群れから退いた。小春日和の金色の塵の指先が、壁紙、クリーム色の天使の洋服ダンス、金箔のはがれた天使の巻髪をゆっくりと伝い、バスサクソフォンの上に星屑のような天蓋を投げかけていた。ベッドのなかの男は眠り続けていた。絶壁のようにあごを枕から突き出しているさまを見ていると、亡くなったときの祖父のあごが思い出された。やはりこんな風に、無精髭を生やしたあごを棺から突き出していた。髭は祖父をあざ笑うかのように、祖父が死んでも生き続けたのだ。だがこの人はまだ死んではいない。

そして私は、死ぬことなど頭をかすめもしない年齢だった。もう一度バスサクソフォンに近づいた。フラシ天の床の左側に管体が横たわり、かたわらにパーツが二つある。重低音域の大きなキイのついた長い金属パイプ、カーブを描いたネックとオクターブキイ上の革タンポのタンポ皿、それに先のとがった大きなマウスピース。

礼拝の道具が司祭の見習いを魅了するように、バスサクソフォンは私をとりこにした。私は屈みこんでビロードの床から管体を起こした。そしてもうひとつの部分を取り出して、サクソフォンを組み立てた。そっと管体に指を当ててみる。指になじんだおなじみのフィンガリング。へこんだG♯音に小指、はるか下のバスの雷鳴のキイに右手の指を当てて、指を動かしてみる。メカニズムが心地よさげにガラガラと反応した。私は一気にHからCまでキイを叩き、それからさらに小指でHとBを押した。すると、音階を駆け下りる小さな革の連打にこたえて、バスサクソフォンの巨大な空洞から、弱いながらも確かにごぼごぼというこだまが返ってきた。小柄な司祭が小またでぱたぱたと金属の祭壇を歩き回っているようだ。はたまたトムトムが送ってくる謎めいた電報のごとく、金属フレームの小ドラムが鳴り響いているというべきか。私は矢も盾もたまらなくなった。マウスピースを手に取ると管体にはめ、棺の隅にある小さなフラシ天のケースのふたを開けた。そら、あった。パンをかまどから出し入れするときに使うシャベルに似た、巨大なリードの束。一枚をつまみ出し、マウスピースに重ねて端をそろえ、口にくわえてリードを湿らせた。吹きはしない。ただマウスピースをくわえたまま立っていた。指を大きく開いてサクソフォンの巨軀を抱きしめ、目頭が熱くなるのを感じながら大きなキイを押した。バスサクソフォン。

　今までさわったこともなかったのだ。まるで恋人を抱きしめたような心地だった（シェルポニ・ドマニーンの令嬢、水槽に囲まれたあの謎のユリの花、あるいは私を振り向いてくれなかったイレナ。もしイレナを、ましてやあの魚たちと月に囲まれたあの令嬢を、この手に抱くことができたら、こんな幸せなことはないだろう）。少し屈むようにして、うるんだ目で化粧台の鏡のなかの自分をのぞきこんでみた。バスサクソフォンを抱きすくめるように前屈みになっている。丸い腰を絨毯につけて立っているバスサクソフォンは、塵のきらめく、グロテスクな神話の幻想的な光に包まれている。風俗画みたいだ、と言ってもバスサクソフォンと若者などという組み合わせは突拍子もない。ギターと若者、パイプと若者、ビールジョッキと若者、そう、若者にはなんでも似合う。しかし、すり切れた絨毯に立つバスサックスと若者だけはどう転んでもいただけない。モスリンのカーテンを突き抜けてくる金色の夕陽を浴びる若者と、無口なバスサクソフォン。そして背景には、ミッキーマウスのようなロココ風洋服ダンスと、藍染めの枕から死体のようにあごを突き出している男。バスサクソフォンと眠れる男と若者。ばかばかしすぎる。しかし、現にこのとおりだったのだ。

　そっと吹いてみた。少し強めに。リードが震えるのが分かった。マウスピースに息を吹き込み、キイに指を走らせる。金だらいに似たベルから、残酷で美しく、この上なく悲哀に満ちた音が溢れ出した。

死にかけたブラキオサウルスは、こんな感じの喘ぎ声をあげたのではないだろうか。抑えた悲しみの音がベージュ色の部屋いっぱいに広がった。かすれたハイブリッドなトーン、どこにも存在しないバスチェロとどこにも存在しないバスオーボエをかけ合わせたような音、それなのにむしろ胸が張り裂けるような、神経を切り裂くようなうなり声、メランコリックなゴリラの鳴き声。たったひとつの悲しみのトーン。鐘のように悲しい《トラオリヒ・ヴィー・アイネ・グロッケ》、たったひとつ、ひとつだけの音。

私はびくっとしてベッドの男を振り向いた。だが男はぴくりともしなかった。微動だにせず、まるで脅かすように、切り立った断崖のごとくあごを突き出していた。静寂……そういえばふと気付いたが、壁の向こうのとぎれとぎれの危険な声は、もうやんでいた。ただ、誰か人の気配がする。私、ベッドの男、ハエ、バスサクソフォンのほかに誰かの……。

私は背後を振り返った。ドアのところに、頭が赤くはげあがり、目の下にクマを作り、やつれた風情の小太りの男が立っていた。バスサクソフォンの音色に似た悲しげな眼差しをしている。

まだ音はたなびいていた。町ホテルの金メッキの廊下を遠ざかっていくその午後の叫び声は、自室で午睡をむさぼっていた客たち（夫人をつれて休暇中の士官たち。帝国の密使。ホモセクシャルのスペイン人。彼はもうここに半年もいるのに、なぜいつまでも逗留しているのか、何をしているのか、どうやって生計を立てているのか、誰かをスパイでもしているのか、誰も知らなかった）を揺り起こしたに違いなかった。やがて音は階段のセピア色の黄昏のなかに吸い込まれ、男のはげ頭の後ろから、白髪をカールし、ふたつの青い目のあいだに大きな団子鼻がはりついた女性の顔が現れた。道化の顔。膨れた体に乗っかった、女の顔の生ける風刺画。すいません《エントシュルディゲン・ズィー》、私は声をかけたが、はげ頭の男は、いえいえ《ビッテビッテ》、と手を振って部屋に入ってきた。続いて悲しげな道化の顔の女性。くたびれたツイードのスカートに、長い編み上げブーツ。スカートのタータンチェックの柄が、塵が漂う夕陽が交錯するバロックのうね模様に映え、酔い痴れたようにきらめいている。そして彼らのあとからもっと面食らうような人物が入ってきた。まるで小人、いや、もとい、まるでどころか、まさしく小人。私の腰に届くか届かないかという背丈。U字部分をすりきれた絨毯につけ（やっといま気がついたのだが、絨毯には街の紋章が刺繍されていた。二つの塔に挟まれたチェコのライオン。しかし誰かがパイプを落としたと見えて、ライオンには黒く焦げた穴が開いていた）、私の腕の中でずっとまっすぐに立っているバスサクソフォンよりまだ小さい。ただ、顔の造作は小人ではなく、カエサルを思わせた。一文字に結ばれた薄い唇、ローマ鼻、そして知的な額に垂れている一房の金髪。分泌腺がたちの悪い賭けごとに手を出して、縮んだ体に間延びした小人の頭が乗っかってしまった、というわけでもなかった。人並みの上半身に人並みの頭、端正な目鼻立ち。削られたカエサル、そんなことばがぱっと浮かんだ。ひょこひょことしたあひるのような歩き方を見てやっと腑に落ちたが、男は正真正銘膝から下を切断していた。足がなく、膝をよごれた布で巻いて歩いていた。そして、妖怪の行列は続き、また次の亡霊が入ってきた。ブロンドの女、息をのむほどきれいな娘（最初は、案外もう一人の団子鼻と比べてきれいに見えるだけじゃないかと思ったが、そんなことはなかった。その後もいろいろな角度から彼女を眺めてみたのだが、髪の毛がスウェーデン風の細面の両側に流れるさまは、まるで白鳥の折れた翼だった）で、彼女は大粒の灰色の瞳を私、ベッドの男、バスサクソフォンに向けると、視線を落とし、両手を前に組み合わせてうつむいた。スウェーデン風の金髪の巻き髪がぱさりと顔にかかった。その顔はまるで一度も笑みが触れたことがないような、蠟《ろう》でできているような、防空壕の暗闇か、閉ざされた密室の暗がりででも暮らしてきたのではないかと思わせた（単に彼女はモアビット[*1]の夜の棲人だったのかもしれない。そこで彼女は蠟燭としてまつり上げられ、はじめはトゥールーズ・ロートレックのように燦然と輝いたものの、やがて燃え尽きてしまったのだろう）。彼女は両手を膝の前で合わせて私の前に立っていた。ドレスがベージュ色の光に溶けこみ、顔――二つの折れた金色がかった銀の白鳥の翼、アラバスターや象牙、使われなくなったピアノの鍵盤の色の顔、バスサクソフォンのキイに反射して絨毯のライオンの手足のそばで揺らめいている夕陽の根元を見つめている、灰色の両の瞳――だけが浮き上がって見えた。行列はまだおしまいではなかった。娘の後ろから、鼻に黒ガラスの眼鏡をかけたせむし男、さらに彼の手をひいて片目の巨人が入ってきた。せむし男の空いている方の手が夕陽の束のなかをまさぐり、瀕死のハエの邪魔をした。ハエはブゥンと羽音をたて、空《くう》をつかむ手をよけるように何度か飛びまわったあと、力尽きてバスサクソフォンのキイの上にへたりこんだ。懸命に足をばたつかせる。滑った。巨大な管体のなかに墜落した。虚をつ

＊1　ベルリンの労働者地区。刑務所がある。

かれたバスサクソフォンがうなり声をあげた。にわとりのようにか細い足にニッカボッカをはいたせむし男は、まるで目の悪いフクロウのようだった。巨人のズボンの片方のすそからは義足が伸び、鉄の鋲に夕陽が反射している。幻たちが私を取り囲むように半円に並んだ。ローター・キンゼです。やつれた表情のずんぐりとしたはげ頭の男が名乗った。……とエンターテインメント・オーケストラ《ウンターハルトゥングスオルケスター》、心のなかで私はそう付け足したが、口にはせずに、思わずパノラマカメラのように彼らをぐるりと見渡した。悲しみにくれた道化の顔にカーニバルのジョークのような鼻をつけた白髪の女性、削られたカエサル、スウェーデンの髪の娘、目の悪いせむし男と義足の巨人。巨人が天使のタンスにもたれかかった勢いでタンスがよろめき、前のめりになった天使から、金箔の巻き毛が、義足のアメリカのフリースタイルレスリング世界チャンピオン（私にはそう思えた）の寂しい赤髪の上にはらりと落ちた。管体のなかのハエのジジジという音も途絶えた。季節は夏の終わりだった。ハエというハエはすべて死する時季で、このハエもやはり寿命より長く生きることは叶わなかった（だが少なくともこのハエは、聖堂に似た金属の円筒のなかで死を迎え、小さな司祭のごぼごぼという足音にも死を見取ってもらえた。あのご時世、世のなかの人の大半はこんな風に命をまっとうすることはできなかった）。静かだった。こんなの夢か幻に決まってる、私はそう自分に言い聞かせようとした。しかし私は、幽霊や幻、メタ心理学的な現象とか、超自然的なたぐいは一切信じないたちだった。徹底したリアリスト。生まれてこのかた虫の知らせなど感じたためしがない。若く美しかった叔母が亡くなったときも、このプラハのサロン界の温室の花に、身内ならではの親しみのこもった愛情を抱いていたが（叔母は二十七の若さで他界した）、なんの胸騒ぎも、超感覚的なテレコミュニケーションも、テレパシーも感じなかった。奇跡も霊媒も信じたことはない。こういったものを私はことごとく軽蔑した。霊媒の力で警察を助けたとかいう、隣町で木彫り工房を営む奇跡の男の話も、町じゅうの人が目撃したというのにもかかわらず、信じなかった。私は根っから現実世界の人間で、私にとってのの神話とは音楽だけだった。だからこの人たちが幻でも幻影でも幻覚でもなく生身の人間のグループで、シカゴの栄光のエディー・コンドン&シカゴアンズではなくロータートー・キンゼとエンターテインメント・オーケストラなのだということくらい、百も承知だった。なんとまあ、私は心のなかでつぶやいた。だしぬけにおかしさがこみあげてきた。人は他人には冷たいものだし、因習にとらわれた見方をする。だからちょっとでも標準からはみ出たところがあると、いちいち吹き出したくなるものなのだ。だがそれはほんの一瞬だった。一人だけ、（外見的に）なんの傷もいびつなところもない娘の灰色の目がこちらを向いたからだ。それでもテレパシーを信じるわけではないが、この不謹慎な笑いを見透かされたような気がした。いたたまれない気持ち。その瞬間はただばつが悪いだけだったが、光のようなあっという間の速さで、穴があったら入りたいほど耐えがたい気持ちになった。まるで葬式の席で、司祭たちの歌うような声がかき消してくれることをあてにして、下品な小ばなしを口走ったら、司祭がいっせいに口をつぐみ、祈りのことば（悪行を秤にかけると言われるなら、主よ、誰がご意思にかなうとお思いでしょうか）ではなく、とんでもなく場違いでびろうなことばが風に乗り、乾いた芝生、墓標、新しく掘り返された土の上に飛び散った、そんな具合だった。だから、このことも決め手になった。このことと、宝石をちりばめた司祭の杖のようにあいかわらず私が抱きしめていたバスサクソフォンが。吹いてみたいですか？《メフテン・ズィー・プロビーレン》 赤いはげ頭の男が訊いてきた。そのとき、男が何に似ているのか、はたと思い当たった。火炎放射器で焼かれたように赤い顔のサルだ（事実、焼かれたのだった）。男の口元がゆるんで前歯がのぞいた。それも幻ではなく現実だったが、倒錯したユーモアセンスをもつゲシュタポの手でもてあそばれたかのように、歯が半分なかった。どちらか一列が揃ってないのではなく、がたがたのすきっ歯なのでもない。歯、すきま、歯、すきまと、まるで鯨の歯のような、ピアノの鍵盤のような歯をしていた。上の歯も同じだが、ただ、すきま、歯、すきま、歯とあべこべに並んでいた。だから両あごが合わさると（歯をくいしばってにっと笑うと）、ふざけたチェス盤が現れるのだった。いらっしゃい。ステージに行きましょう。そこで吹いてみるといいでしょう。いい響きだと思いませんか？《クリングト・エス・ニヒト・シェーン》 ええ、すばらしいです、と私は答えた。鐘のようです。《ヴィー・アイネ・グロッケ》とても悲しくて。《ゼーア・トラオリヒ》ほら《ナ》、いらっしゃい。《コメン・ズィー》男は言った。楽器はお持ちください。《ダス・インストルメント・ネーメン・ズィー・ミット》私がケースを運びますから。《イヒ・トラーゲ・デン・コファー》

　というわけで私はバスサクソフォンを抱えてドアに向かった。これはもはや強制ではないぞ、頭のなかで誰かの冷たい愛国的な声が響いた。じゃあ、なんなんだ、くってかかるように私は答えた。レドゥーエ川のほとりにたたずむ孤独な軍曹に気を許すなと姉に無理強いしたのはどこのどいつだ？あの人こそ、もしかしたら姉の良き夫となり、姉に束の間でも結婚生活を味わわせてくれたかもしれないのに（姉は伴侶を持つことはなかった。かわいそうな姉さん。がんで亡くなったとき、まだ三十前だった）。少なくとも彼は青い手帳に詩を書きつける人だった。姉のとりまきの、テニスに興じるチェコの若い男たちのうちで、詩をせめて読む者でもいただろうか？　しかし、どう転んでも、軍曹は二度と戻ってきやしなかったのだと思う。あれはスターリングラードの戦い[*1]の前の冬だったからだ。青い手帳はヴォルガ河岸の雪の下に埋もれ、春になって、焼け野原となったステップを、トルブーヒン[*2]軍の表面が焦げ落ちた戦車が西にドイツ軍を追い払い、無分別な殺し屋である狂気の英雄部隊の残兵がわあわあとステップを東に駆けると、悲劇の河の周辺にはじわじわと安全地帯が広がり始め（そして、新たな敵となる不吉な男たちが支配し始め）、そして雪がしだいに溶けると、青い手帳は地面に沈み、河に滑り落ち、海に運ばれ、塵と化し、無に帰し、きっと私の頭のなかにだけ、あの詩だけになって残ったのだ。私の頭のなかを冷たい風が吹き抜ける《イン・マイネム・コップフェ・ケルテ・ヴィンデ・ヴェーエン》。リルケのリフレーン（軍曹はそれさえ知らなかったかもしれない）。なのに、なんだと言うんだ？　私はそう返し、発育の良すぎる赤ん坊を抱くようにバスサクソフォンを抱え、弱々しく茶色の光がさしこんでいるホテルの廊下を進んだ。私のかたわらをチェス盤の歯の男が歩き、反対側を悲しげな道化の顔をした女性が歩き、私たちの前を、パルプの服のじいさんがまたココナッツの絨毯の上を不自由な足をひきずりながら進み、

＊1　「レッド・ミュージック」13ページの注を参照。
＊2　ソ連の元帥。一八九四〜一九四九。

私はふたたび大人として、自分の決断のよりどころとなる糸を懸命につむいでいた。

私は十八歳で、コンプレックスに悩む不幸せな若者で、賢いわけでもなんでもなかった。ただ感じていただけで、知っていたわけではない。なにしろ「ドイツ人らしくないドイツ人」[*1]ということばや「集団の罪」という概念は、まだ存在すらしなかったのだ。その後もずっと、こんなこと信じられるはずはなかったが(個人の罪さえ信じられないというのに、どうしてそんなことが信じられるだろう。どうやってキリスト教、あるいはマルクス主義と両立できるというのか。人に与えられているのは自由ではなく、不自由だというのに。そんなことは、もし母が日曜日にバッド・クドヴァ[*2]に通いつめるうちに、父を見捨てて(まだ婚約を取り交わしただけだった)あのレストランの経営者と結婚していたら、と想像してみるだけで十分だ。その経営者はレストランで母を見染め、母が父に嫁いだあとも、自分自身が結婚するまでえんえんと母にラブレターをよこし、子どもの私にまでクマの形をしたジンジャーブレッドを送ってきたほどだった。だからもし彼と結婚していたら、私はドイツ人に生まれていただろうし、男で健康で強くて上背もあるのだから、きっとSSの戦力になっていただろう)。私が知っていたのはただ、秋の晩、二人の軍人がポート・アーサー・クラブによく姿を見せては、すみっこの、ハーハ大統領[*3]の肖像画がかけられた壁の近くの席に座って一心に耳を傾けていたことだけだ。私たちはエリントン、ベイシー、ランスフォードのアレンジを演奏し、まるで魔物に取り憑かれたようにスウィングした。ポート・アーサー・クラブの音は巨大なビクトローラ蓄音機ががなりたてるように、保護領の町の夜のとばりをつんざいた。私たちはサクソフォン越しに、ナチスドイツ空軍の軍服に身を固めた二人の男を見やった。戦後、シュルツ・ケーン[*4]という占領下のパリの独軍将校が伝説になったが、それは彼が、逃亡した黒人捕虜を自宅にかくまい、また、ドイツ人の最高司令官の陰で、シャルル・ドローネ[*5]とともに、「ホット・ディスコグラフィー」を編纂したからだった。しかし、シュルツ・ケーンは唯一の例ではなかったのだ。この二人も一度、大胆にも軍服の袖からディキシーランドの編曲、〈リザ・ライクス・ノーバディ〉と〈ダークタウン・ストラッターズ・ボール〉の楽譜（アテネのバンドから書き写させてもらったヘンダーソンの編曲の代わりに、オランダで手に入れたものだった）を抜き出して、私たちのエリントンと引き換えに写させてくれた。それから、やはり――おそらく東部のステップに――姿を消した。シュルツ・ケーンのような幸運の

＊1　すべてのドイツ人がナチス支持のドイツ人であるわけではないという意。チェコスロヴァキアの初代共産主義政権大統領ゴットヴァルトのことば。
＊2　ポーランドの温泉地クドヴァ・ズドルイの独名。
＊3　エミール・ハーハ。一八七二〜一九四五。チェコスロヴァキア第二共和国の大統領を務める。ヒトラーによるドイツのチェコスロヴァキア併合要求を受諾、これによりチェコスロヴァキア共和国は消滅した。のち、ドイツ占領下のベーメン・メーレン保護領の大統領を務めた。
＊4　一九一二〜一九九九。第二次世界大戦中、ベルギーのジプシーミュージシャン、ジャンゴ・ラインハルトもかくまったとされる。
＊5　フランスのジャズ評論の先駆者。一九一一〜一九八八。

持ち主ではなかったのだ。だが二人はそれまでに、イデオロギー色のない（というよりイデオロギーを押しつぶそうという）信仰に取り憑かれた伝道師のようにヨーロッパを横断し、新しい時代の行進する修道院の修道士、あるいは書家として、秘密裏に写本を行ってきたのだった（ナチス士官学校でである。まったく耳を疑ってしまうが、彼らがやっていたことを考えれば、何をいまさら信じられないことなどあるだろう。なんと彼らは、バンドを組んでいたのだ。一人は大尉、もう一人は軍曹で、チック・ウェッブを演奏するスウィングバンドだった。人前ではない。人前での演奏用にはクロイダー[*1]を用意していた。チック・ウェッブは自分たちのためだった。考えてもみてほしい。ナチス士官学校でドイツ人の士官候補生たちが背の曲がった黒人ドラマーの真似をしている光景を。つまり、この甘美な病は、強制収容所だけでなく、テレジーン[*2]のユダヤ人ゲットーだけでなく、士官学校にまで――要は至るところに巣食っていたのだ。いずれは一人残らず感染してしまいそうな勢いだった。おそらく、万が一戦争が悪いかたちで終結していたとしても、ゆくゆくはこの病が戦勝者のあいだにも蔓延し、長い年月、たとえ何世紀かかったにしても、彼らを人間に変えていただろう）。彼らはその後私たちとも共演して一人がピアノ、もう一人がドラムを叩いたが、東部に発つ前に、二人は不用意なことを仕出かした（なんでも犯罪になりえたし、なりうるのだ）。というのも、このことをうまく言いつくろうことができなかった友だちのレクサが、人々（私たちの人々、いわゆる同胞だ）から同情される代わりに、後ろ指を指されるはめになったのだ。レクサは、ハイドリヒ暗殺事件の報復の一環でナチスに父親を銃殺された。そして、新聞に父親の名前が出た――「保護領副総督ラインハルト・ハイドリヒの暗殺を承認したかどで、銃殺された」——翌日、私がカーニャさん、そしてもっと前にはヴラディカさんの視線に見張られていたあの広場で、二人と鉢合わせしてしまったのだ。二人はぎこちなくお悔みのことばを口にし、レクサの手を握りしめた。レクサはこのことについて、同胞たちの非難からどうにもうまく言い逃れできなかった（レクサは父親の体がまだ冷たくもなっていないというのに、ただ自分たちのぎしぎしいう騒音を聞きに来てくれていたからといって、ドイツ人と平然とおしゃべりしたのだ、と）。レクサはもはや生涯、この汚名をそそぐことはできなかった。

私はバスサクソフォンを抱えて、劇場ホールに続く裏階段を下りていった。かすかに届いていた褐色の日差しが電灯のくすんだ黄昏色と交代した。一行は鉄の螺旋階段を重い足取りで下りていった。私たちとともに、階段の灰色の壁を影絵が下りていく。ディズニー映画のパロディーのようだ。ローター・キンゼではなく、白雪姫と七人の小人たち（悲劇の道化の顔をしている女性が「くしゃみ」だ。あのカブのような想像を絶する鼻、四分の一キロはありそうな鼻は、影のなかでいよいよ非現実的な寸法に膨れ上がっていた。いっぽう白雪姫は、やはり非現実的なほどほっそりとしていて、二つに分けた髪は影絵のなかでいちだんと折れた翼——影の黒鳥——のように見えた）。一行は、

＊1　ペーター・クロイダー。一九〇五～一九八一。ドイツの作曲家。
＊2　「レッド・ミュージック」13ページの注を参照。

奇形、病、異常がつむぎだす、戦時下のぎこちない音のハーモニーだけにつきそわれて黙々と進んでいった。義足やリューマチの関節がぎしぎしときしむ音、気管支を通り抜ける力のない音。この気管支は、自然がヒトではなく、北極ギツネやペンギンに配した代謝機能に適した気候に、耐えてきたのだ。もっとも人間というものはたいていのものになら耐えられるのだが、ただ、たいていのものは人間に痕跡を残し、たいていのものは人間を死に近づける。私たちの歩くテンポを刻んでいるのは、抑えがきかずに階段に叩きつけられている、パルプのじいさんのドラのような足と、トルコのドラのような巨人の義足だった。やがて、行く手にロープで仕切られた暗い空間が現れ、そして埃っぽいスポットライトで切り取られた半円が、ステージ上に浮かび上がった。スポットライトのなかにはピアノを中心に五台の楽器スタンドが置かれ、そのひとつひとつに、サーカスらしい派手な銀メッキに金色の大きな飾り文字でL．K．とイニシャルが入っていた。ローター・キンゼとエンターテインメント・オーケストラ。一同はステージに上がり、私はバスサクソフォンを抱えたまま、天井のどこかから降り注ぐ冷たいスポットライトの真下で歩を止めた。

　皆が私のまわりに勢ぞろいした。しんがりは削られたカエサルだった。スウェーデンの髪の娘がにっこりとほほ笑み、ローター・キンゼ（それは、赤いはげ頭とチェス盤の歯並びをしたあの男だった）が視線をこちらに向けた。ホテルの前にいたときのパルプ服のじいさんと同じ目つきをしている。未解決の問題を抱えている目つき。だが、どんな？　なぜ？　一体なぜこのようなことを？　だぶついたニッカボッカをはいた目の悪いせむし男が、天井から降り注ぐ埃っぽいライトに青白い顔を向けた。黒い木版を背景に、うつろな顔が真っ白な光で輝いた。慢性化した長い苦しみの仮面。もはや拷問の苦痛ではないものの、ほぼすべての喜び、ほぼすべての感覚を奪われた、永遠に続く存在の苦悩。白い面《おもて》に石炭鉱のように黒いレンズの穴がぽっかりと開いている。なぜ、なんのためなのか？

よし《ヤー》、そう言って私は、バスサクソフォンのベルのU字管を板張りのステージにおろした。スポットライトの向こうは真っ暗な闇に閉ざされている。この闇のどこから誰が私たちを見つめているのか知れやしない。会場は聴衆がひしめいているのか（だとしたら物音ひとつたてない聴衆だ。きっと私たちはキャバレー程度の出し物だったのだ。現実でも、幻でもない。ユーモアのない世界の先史時代のスパイク・ジョーンズ[*1]であり、蠟人形館の生ける展示物だったのだ）。それともスパイがたった一人、このすべてを外に、コステレッツの日常世界に暴露しようとするカーニャさん、あるいは彼の息のかかったスパイが潜んでいるのか。もっとも、そうカーニャさんの思惑どおりにはいくまい。こんなもの、コステレッツの人々は信じやしないからだ。なぜならコステレッツで重んじられるのは常識であって、幻ではない。コステレッツには、常識のトレードマークと言えるこんな決まり文句がある。コステレッツでは気に入られなかった。コステレッツの人はそんなことは信じない。コステレッツの観客はそ

＊1　米国のミュージシャン、コメディアン。一九一一〜一九六五。冗談音楽の王様と呼ばれた。一九四二年、ナチスを皮肉った“Der Fuehrer's Face”（邦題〈拝啓ヒットラー殿〉）が大ヒット。

れをこきおろした。そして世界に対する意見だろうが、誰についての意見だろうが、すべてこの文句で片付けてしまうのだ（室内交響バンドのコンサートも、抽象画家の展覧会も、ギンズバーグも、いまだに叔母がこの文句で切り捨てるのを耳にするが、当時からすでに、なじみの表現だったわけだ）。ここは常識人の町なのだ。いかなる名声にも敬意を払うが、その名声の持ち主に対しては、大いにうやうやしい態度を示しながら、密かに、面と向かっては口にしないが、まともじゃない、つまりやや劣った人たちと見なすのだ。こういった人たちは全国的な目線で見れば、コステレッツ、つまり世界の中心に対してそれなりの貢献をしているのに（コステレッツの室内音楽団体のコンサートに光をあてたり、国の文化の、ひいてはコステレッツの文化の名刺的役割も果たしたりする。言うまでもないが、国はコステレッツのために存在しているからだ）。ここの常識人たちは、シュールレアリスムとかコンプレックスといった下らないことや、現実の外的構成ではなくて絵の内的構成や、母音韻といった（まともではない者だけが理解できる）わけの分からない問題には、首を突っ込まない。あらゆるものは、この常識のオアシスのため、この金メッキの世界のへそのために存在するからだ。もっとも大概の場合は、コステレッツの人々にとっての話の種としてだけ、必要とされているのだが。女優の離婚、詩人のスキャンダル、バーでの乱痴気騒ぎ——コステレッツの人はやらないこと——だから、私は暢気《のんき》にしていられた。たとえカーニャさんがスパイを送り込んできているとしても、ローター・キンゼとエンターテインメント・オーケストラ《ローター・キンゼ・ウント・ザイン・ウンターハルトゥングスオルケスター》、このバロック的な、ブリューゲル風の地獄の細密画は、コステレッツの価値観からはみ出すものだし、それはバスサクソフォンもしかり（叔母だったらこう言っただろう。こんな楽器、なんの役に立つというの？　ベドジフ・スメタナ[*1]にはあんなにすばらしい作品があるけど、バスサクソフォンなんていらなかったわ）、そして、ローター・キンゼの腕のなかにいる私もしかりだったからだ。つまり、ローター・キンゼのことで、私が彼らに謝る必要などないのだ。

しかし、それではなぜ？　ローター・キンゼが足早に楽器スタンドのひとつに近づいた。後ろから見るとシャツが垂れ下がっていて、まるでわざわざ自分の倍のサイズに仕立てたのか、もしくは道化師のフラッテリーニのように、本人はジャケットのつもりでいるが、どう見てもフロックコートにしか見えないといった格好だった。ローター・キンゼが私を振り向き、にっと笑った。こちらへ《コメン・》いらっしゃい《ズィー・ヘーア》。これが楽譜です《ダー・ハーベン・ズィー・ノーテン》。吹いてみてください《シュピーレン・ズィー》。私はバスサクソフォンを起こした。それは埃っぽい白い光のなかで虹のようにきらめいた。まるでミサの神聖な道具を目にして全員がため息をついたかのように思えた。そのとき私はしみじみと感じた。バスサックスもやはり、時がたち、ちゃんと手入れされずに唾が緑青化した結果、目がつぶれ、朽ちてしまったのだ。その姿（銀色がかった構造、くすんだ白銀色の構造）は、使い古された聖水盤を思わせた。どこかの無神論の国で田舎の老司祭が弔いに使うような聖水盤。貧弱な黄色い蠟燭の光のなかで、艶のない錆びついた光を放ってい

＊1　「エメケの伝説」45ページの注を参照。

る聖水盤（しかし神は慈悲深きゆえに、多くをお許しになるのだ）。ローター・キンゼが紙をよこした。それはバスサクソフォンのパートの楽譜で、曲名は元々〈熊《デア・ベーア》～バスサクソフォンとオーケストラのための性格的小品《アイン・カラクターシュテュック・フュア・バス・ザクソフォーネ・ウント・オルケスター》〉となっていたが、二重線で消され、戦時中の色褪せたセピア色の代用インクで〈象《デア・エレファント》〉と書き直されていた。楽譜の構成にざっと目を通すと、イ短調のワルツで深い音色の効果を狙ったものだが、拍子抜けするほど簡単な曲だった。およそこのサックスで吹いてみたいような曲ではなく、ロリーニとは雲泥の差だった。とはいえ、確かに私が完璧に吹ける楽譜ではある。けれども、また疑問がわいてきた。なぜなのか？

ということは、ジャムセッションですか《ズィー・マイネン・アイネ・ジャムセッション》？　私はローター・キンゼに問いかけた。ローター・キンゼがこちらを向いたが、その目はどうやら質問の意味を理解していないように見えた。彼は一同を振り返った。だが皆黙りこくったまま、突っ立っている。片方の目が頬、耳元あたりにまでずり下がっているパルプ服のじいさん、悲しみの道化師の顔をした女性、そう、まるで悲しみと残骸と屑がずらりと並んだカタログだ。義足の巨人、盲目のせむし男、白鳥の折れた翼を持つ娘（影はいま、私たちの足元で小さな黒い水たまりのようにしぼんでいた）、削られたカエサル。そして、うまい具合にこの男が質問の意味を理解してくれた。そうです《ヤー》、もしよろしければ《ヴェン・ズィー・ヴォレン》ね。楽譜は読めますか《アーバー・ケネン・ズィー・ノーテン・レーゼン》？　よどみない口調だった。それに声もしごく正常で、知的で落ち着いていた（だからこそ余計に、この削られた体に宿る心の苦しみは大きいに違いない。彼の心は健全で、弱い体質や小さな知能のせいで卑屈になることもなく、軟骨発育不全の小人に決まって見られる、記憶力の悪さを棚に上げたずうずうしさもなかった）。ええ《ヤー》、読めます《ノーテン・レーゼン》。問題ないです《ダス・シェーン》、私は答えた。でも、バスサクソフォンは吹いたことがなくて《アーバー・イヒ・ハーブ・ニー・アイン・バスザクソフォーネ・ゲシュピールト》。ええと……、「タッチが」と言いたかったのだがドイツ語が出てこなかった。だがローター・キンゼがうなずいて合図したので、私はバスサクソフォンに視線を戻し、左指をキイに当て、席に腰かけた。するとふしぎ、とたんにブリューゲルの細密画が息を吹き返し、どこかから（どこかではなく、ピアノの上にあったのだが）ローター・キンゼがヴァイオリンを取り上げた。削られたカエサルが私の横の椅子にひょいと飛びのり、腕のなかのトランペットが光った。巨人がドラムのほうに盲目のせむし男の手を引いていった。ドラムのそばまで、そこまでだ。ニッカボッカの小男は、手で太鼓の革の匂いをかぐような仕草をして灰色のカウベルを探りあてると、蒼白の顔に、苦悶の表情に代わって幸せと言えるほどの表情を浮かべた。そしてシンバルが林立する間を、まるで見えてでもいるかのようにするりと潜り込み、大きな太鼓の後ろに丸くふくらんだニッカボッカごと身を隠してしまった。小男の器用に動く神経質な指先がスティックをとらえた。準備完了だ。巨人の方は、半歩ほど踏み出す足音が聞こえたと思ったら、もうバンドネオンとアコーディオンのある一番端の楽器スタンドのところにたどりつき、アコーディオンを体に留めていた（その頃私たちはもはやアコーディオンなど見向きもしなくなっていた。カミル・ビェホウネク[*1]が

＊1　チェコのアコーディオン奏者。一九一六〜一九八三。

アコーディオンでスウィングしていたが、黒人にはそういうミュージシャンは見当たらなかったからだ。エリントンも、ランスフォードも、カークも、ウェッブも、ベイシーも、アコーディオンなど持っていなかった）。四分の一キロの鼻の大柄な女性がピアノの前に座った。そう。そのでっかい鼻に、本物の鼻眼鏡をかけて黒いひもを耳の後ろで留めた（前《プレ》スパイク的元祖《ウーア》スパイク・ジョーンズとでもいう性格が強まれば強まるほど、いよいよ彼らのことをまともに信じる者はいなくなるだろう。もうこの対敵協力的《コラボラント》なジャズの共演について、ソクラテスぶって弁明しようとあれこれ悩むのはやめることにした）。今度は鼻眼鏡をゴムバンドで頭に固定した、カーニバルの巨大な張り子の鼻のようになった。私はリードを湿らせた。再び一同がしんとなった。試しにサックスを吹いてみる。力感溢れる、痛々しい叫び声が弾け、我ながらぎょっとした。音はスポットライトを抜けて、チェコ人とドイツ人の血をいささかの分けへだてなく腹いっぱいに吸った満腹のノミたちと空腹のネズミが行き交う、埃のたまった木とビロードの迷路を抜けて、空《から》のホールすみずみにまでとどろいた。そう。戦いに挑み、勝利したものの、死んでゆかねばならないオスゴリラの瀕死の声。私は音階を上へ下へと吹いた。音のつながりはぎこちなかったが、指は動いた。だがそのしゃくり上げるような、息つぎが足りないような音は、どこかシカゴ派の特徴に通じるものが感じられた（この盲目のドラマーのようにやはり――きっと――ニッカボッカを履いたシカゴの若手ミュージシャンたちも、古めかしい旧式の楽器に関してはもてあまし気味だったゆえに、そう感じるのだろう）。大丈夫《グート》です、力強く私は言った。ロータル・キンゼが弓でヴァイオリンを軽く叩いた。そしてヴァイオリンをあごの下に当て、上体を上に揺すって四分の三拍子のシンボルであるワルツの動きを描くと、私たちはスタートした。

きっとこれは単なる幻、錯覚、音というカテゴリーの怪物《キメラ》に過ぎないのだ。もし、時というものが、子どもが積み木で作る宇宙のように、透明なサイコロで出来ているとしたら、いわば、これまで何があっても揺らぐことのなかった安定したコステレツのイメージから、どこかの黒幕だか大霊だかが、サイコロをひとつ抜き出して、その代わりに底意地悪くも、スパイク・ジョーンズ・バンドの入った小さな透明な水槽をはめこんでしまったという具合だった。まさに彼らはジョーンズだった。出だしの十二小節の休みのあいだに、私はバスサクソフォンについている半ダースの小さな丸鏡で、ロータリー・キンゼとエンターテインメント・オーケストラが演奏する様子をしげしげと観察し、耳をそばだてた。せむし男は（まるで神酒《ネクタル》かローストポークのりんご添えの匂い、あるいはババリア地方で神酒の代わりとなるもの、きっと甘いビール、を嗅いだような顔をしていた）、太鼓を機械のように叩いていた。ひょっとすると本当にばね仕掛けなのかもしれない。えんえんと打ち続けるドラムマシンそのものだ。なにしろウンパッパ、ウンパッパ、とスティックでスネアドラムを叩く様子は、創意工夫のかけらも、独創性も、止まる気配も、抑揚も感じられなかった。体はびくともせず、恍惚に近い楽天的な表情がはりついた顔をのせた合成樹脂のマネキンの胴体に、骨同然の手をつないだような塩梅だった。動いているのは、骨ばった小さな両手（と、ウン……、ウン……と鳴らすバスドラムのペダルの上に置かれたニッカボッカの片足。だがここからは見えなかった）と、……パッパ、……パッパと鳴らす小さな片手だけ（昔、あれは夢だったのか、物心がつくかつかない頃だったのか、オーケストリオンを見た覚えがある。機械じかけの天使が、この男と五十歩百歩の音楽的知性でひいていた。本物の打鐘装置だった）。そして黒い翼が持ち上がっているピアノの下では、悲しみの道化の顔の女性が、顔を下から斜めに振り上げていたが、大きな鼻がかさばって、たどたどしい機械的なワルツのリズムが一拍ずつ間延びしているように思えた。カーニバルのジョークのような鼻の付け根にある目が、左手と右手の指さばきを注意深く見守っている。まるでアルプスのふもとの理想郷に暮らす三流ピアノ教師。ミスタッチこそないが、独創性もない。このひき方（このようなピアノのスタイル）は、叶うことのなかった、ただただ愚かしい夢に呪われているのだ。つまり十二の練習室から十二のピアノ、十二のツェルニーのエチュードが流れる高等音楽院で花咲く十二の夢（あらゆる夢と同じように、空疎な夢である。誰も気に留めないが、夢とは実現したとたんにまさに死滅するからだ。現実とはまさしく夢ではないのだ）。スタインウェイたちの夢、リヒテルたちの夢。それから、コステレツのような町への旅立ち（旅立ちといえば、今では割り当てられた職場[*1]に赴くことだが、かつては職探しに出かけることだった）。はじめのうちは地元のオーケストラや学生オーケストラを相手に〈月光〉や〈スラヴ舞曲〉をひいて大成功を収める。けれども、やがて単なる年月の積み重ねとなる。毎月毎月、毎週毎週、くる日もくる日も、音楽教育を社交界の教養と思いこんでいる良家のお嬢ちゃん四、五人、ときには良家のお坊ちゃんを相手に過ごすのだ。つまり、正確に和音を押せず、耳慣れないファンタスティックな音（うっかりふたつの鍵盤を叩いてしまうのだ）をまき散らす子どもたちの指を、四時間も五時間も監視するのである。そうやって三十年間、監視に明け暮れた結果、夢は木と化し、石と化し、二十四歳のときの魂、神経、みずみずしい肌のしなやかな腕の動きは衰える。音符が指先から脳、耳に伝わって、ふたたび鍵盤、弦に戻り、そこから軽やかに広がり、花を咲かせ、響きわたり、歌うように流れる音楽は鳴りをひそめ、指の監視――厳密に、パーフェクトに、機械的に動く左手のウンパッパ、ウンパッパと、右手の人間味に欠けた金属的なメロディの監視――だけが残される。そして三十年間の指の監視をへて、教師の化身となった生徒――非の打ちどころのない理想的な生徒が、人間味に欠けた完璧な演奏を披露する。それは、実ることなく終わってしまう無念な夢のなれの果てであり、大半の夢の行きつく先なのだ。みじめなゴミ捨て場じみた田舎町で、時が若い体からじわじわとみずみずしさを奪いとり、あきらめという分厚い皮膚で魂を覆いつくしてしまうのである。そして人は結局、コステレッツに順応し、その普遍的な姿勢を受け入れ、人にとって絶望的（で無駄なこと）ではあるにせよ唯一の手段をとることもやめてしまう。つまり、もはや勝てる望みはなくとも、せめて歯向かってみる、せめて挑発してみる、そういったことさえあきらめてしまうのだ（そう、決して勝てることはない。詩人にだまされてはいけない。誰しも行きつく先は敗北《ポラーシュカ》、というよりもむしろ畜生のように殺される虐殺《ポラーシュカ》なのだ）。そして、この女性もそんな風にひいていた。感情のない、杓子定規なフォルテ。どのバスの音も正確だが、痛々しい。削られたカエ

＊1　共産主義時代、職場は政府から割り当てられた。

サルは、大雑把な音程のなかで、サーカスのように感情たっぷりに、歯止めがきかないほどヴィブラートをかけて、いちいち拍子よりも先に鼻を突き出しては体を大きく上下に動かしていた。そしてしかめ面をした頑固者の巨人のアコーディオンからは、手回しオルガンのような音が流れていた（どうやったらそんな音が出せるのか、神のみぞ知るだ。巨人は見るからに途方もない力でアコーディオンを抱きしめ、大きな指が変な音を押してしまわないように四苦八苦していた）。ローター・キンゼはオーケストラの方を向いて演奏していた。天井から降り注ぐ白い光のなかでヴァイオリンの弦から樹脂が飛び散り、ローター・キンゼが上体を揺すって空気が乱れるたびに、樹脂が目に分からないほどのゆるやかな波に乗って闇に消えていくのが見えた。ローター・キンゼもやはり皆と同じように、フォルテで限りなくセンチメンタルな和音を奏でていた。あとバンドとして物足りないものと言えば、ハープひきの老婦人と、中庭の敷石に硬貨が当たってチンと鳴る音くらいだった（だがそれもせむし男がトライアングルをチンと鳴らして間に合わせた）。目を閉じてみた。全体が揃うとまさに偏執狂的なオーケストリオンだった。ドラムだけではなくて、ピアノだけではなくて、全体が揃ってこそより完璧なスパイク・ジョーンズ。さあ十二拍目だ。すると今度は私のバスサックスからも、風刺画のような音が飛び出した。きっと、この信じがたい面々、五人の修道僧たち（スウェーデンの髪の娘は何も演奏しなかった。あとで知ったのだが、彼女は歌手だった。パルプ服のじいさんは、単なる使いっ走りだった）の催眠術にかかったのだ。まるでまた誰かがチューニングのできるジャンボ・クラクションでも製造したのかと思ったほどだ。楽譜はこっけいなほど簡単だったので、音符とにらみあうまでもなかったが（私たちは全員ランスフォードのサックスの総奏《テュッティ》で、シンコペーションをよく稽古していた）、こみあげてくる笑いを必死でこらえなければならなかった。まるで笑う象だ。実際、熊というより象（誰が考えたって象じゃないかと思うような鳴き声《ヴィー・エス・ズィヒ・デア・クライネ・モーリッツ・フォーアシュテルト》）だった（夕食の席でローター・キンゼが教えてくれたところでは、ワルツの曲名が変わったのは、楽器の音色のせいでなく、イデオロギーによるもので、つまりモスクワの戦い[*1]のあとということだった）。それでもやっぱり心が弾んだ。笑いたかった衝動さえどこかへ吹き飛んでしまった。ずば抜けた才能に恵まれているとか、飛び抜けていい耳をしているとかいうことがなくても、楽器の演奏はいつだってうきうきとするものだ。とくにひとりじゃなくて、ピアノで連弾をしたり、ましてやバンドで演奏するとなれば。バスサクソフォンを吹いたのは生まれて初めてで（最後だった。これっきり、彼らは永遠に姿を消した。もはや彼らは存在しない）、私のテナーサックスとはまるでタッチが違ったが、それでも巨大なクロムメッキレバーの束は言うことを聞いている。マンモスのようなパイプの口から、単純だがなんとか聞き取れるメロディが流れている。雷鳴のようなコントラバスチェロの音が、私の指さばきと息づかいに耳を澄ましている、そう肌で感じられたとたん、よろこびが衝き上げた。意味はないけれども、音楽と

＊1　第二次大戦中、ドイツ軍によるモスクワへの攻略戦で行われた戦闘。ソ連軍が勝利した。なお、ロシア、ソ連はしばしば「熊」として表象される。

いうものがもつ幸福感が、黄金のシャワーのように私に振りかかった。客観的ではなく、あくまでも主観的な幸福感。だが、まさに意味なんかこれっぽっちもないからこそ、人間らしさともっとも深く結びついた幸福感。面倒で、独創的な技巧と長い年月の稽古が欠かせないのに、なんの役にも立たず、どんな道理をもってしても説明のつかない無意味な音の創造（叔母さんならこう言うだろう。あの人はバーやダンスホールを渡り歩くミュージシャンで、家にいても一日中ピアノに向かっていたわ。コステレッツのまともな人は誰もあんな人を相手にしなかったわよ）。こうして私は、ローター・キンゼとエンターテインメント・オーケストラと同じように音を外し、同じように感情たっぷりにヴィブラートを利かせながら、まるでワルツや音楽そのものに対して、抗議の声をあげるかのように演奏する、キーキーとうなる人間オーケストリオンのパートを吹いた（このオーケストラは嘆いた。胸が張り裂けんばかりに嘆いた。私はまだこの不協和音の意味、音が外れんばかりにわななくヴィブラートの意味を理解していなかったのだ）。そして〈象〉《デア・エレファント》の曲が終わった。

すばらしい！《ゼーア・グート》　すばらしい！《ゼーア・グート》　ローター・キンゼはそう声をかけながら、ピアノの女性とスウェーデンの髪の娘の方を自信なさげにちらりと見た。今度はすみませんが《ウント・イエッツト・ビッテ》ね、ローター・キンゼはそう言って私に視線を移した。隣の台にアルトサックスがあるでしょう。もしよかったら、もう一曲、〈君のハートをおくれ《ギーブ・ミア・ダイン・ヘルツ》、ああマリア《オー・マリア》、お願いだ《ビッテ》〉をやりたいんですけどね。

私は機械的にアルトサックスに手を伸ばし、慎重にバスサクソフォンを床におろした。身を屈めたとき、またもや疑問の声がした。なぜ？　なぜ夕方の人気《ひとけ》のない劇場でプライベートコンサートを？

もしやローター・キンゼは、いや、彼だけでなくこの素人バンドの面々は、金をとらずに演奏したいとでもいうのだろうか。だが答えを出すのは後回しにすることにした。私たちはタンゴを演奏した。今度もローター・キンゼは、見事にこの田舎くさい素人アンサンブルから、あの誰にも真似のできない音――むせび泣く声、土曜の夜更けの酒場から、ぼんやりとした光に包まれて、肥やしが臭う村はずれに向かって流れていく音、ラッパとクラリネットの絡みつくような、喉からしぼり出すような嘆き声、涙の嘆き声――を引き出すことに成功した。アルトサックスなら手慣れている私は、今度はもっと完璧に合わせることができた。半面、わくわくする気分は冷めた。バスサックスではなかったし、抑えても抑えても謎を問う声が湧き起こってくるのを止められなかったからだ。なぜなのか？大体イカれている訳ではあるまいし、訊きたくなって当然だ。ここに一時間も五時間も、ひょっとすると朝まで座りこんで、アルトサックスやバスサックスでローター・キンゼの慟哭する究極の不協和音につきあったあげく、夜が明けたらレドゥーエ川に身を投げるなんて（方程式の問題に頭をなやませて、ギムナジウムの七年生にして命を絶った叔父さんのように。叔父はある日、朝から晩まで、そして一晩じゅう、方程式に取り組んだ。叔母は、叔父がとっくに寝たと思っていたが、翌朝、叔母の目に飛び込んできたのは、未解決の方程式の上で首を吊っている叔父の姿だった。それまでうちの家系に自殺者はいなかったが、もちろん、コステレッツの人とは縁のないこの方法だって、誰かしらが先駆者になるわけだ）。だから質問しないわけにはいかなかった。

とてもよかったです《エス・ヴァール・ゼーア・シェーン》。ありがとう《ダンケ》、と私は返した。どういたしまして《ビッテ》。本当はですね《イヒ・ヴォルテ・アイゲントリヒ》……そこでロータ―・キンゼは口をつぐんだ。彼の目に例の問題が、私の質問に対する答えが浮かんでいるのが見えた。私はもう、そろそろ本当に行かないと《イヒ・ムス・イエッツト・ショーン・アーバー・ヴィルクリヒ・ゲーエン》。どこへ《ヴォーヒン》？　反射的にロータ―・キンゼが返した。どこへって家です、私は答えた。そろそろ待っていると思いますから。電話はできないのですか《ケンネン・ズィー・ニヒト・テレフォニーレン》？ ええまぁ、近所のお宅になら。お願いだからそうしてください《マッヘン・ズィー・エス・ビッテ》、ロータ―・キンゼが頼み込むように言った。

すかさず私は訊いた。なぜですか《ヴァルム》？　ロータ―・キンゼのサルのように赤いはげ頭に薄い汗の膜が張ったように思えた。彼は悲しげな目をアコーディオンの巨人、削られたカエサルに向けたが、二人は黙ったままだった。そこでロータ―・キンゼは盲目の男を飛ばして、娘と大鼻の女性に視線を移した。女性が咳払いし、あれ（鼻のことだ）をこちらに向けた。鼻の付け根の小さな両目が赤みを帯びている。女性はもう一度咳払いして、新しい靴が立てるきしんだ音のような声で言った。あなたが《ヴィーア・》必要なんです《ブラウヘン・ズィー》。

その瞬間、きっとあたりが墓場のように静まり返っていたからだろう、あるいはその短いことばのイントネーションによほど切々とした、ことばに勝る深い答えが隠されていたからだろう（いつだって、ことばの真の意味はイントネーションによって明らかになるのだ）、そのセリフはスポットライトを越えて暗闇全体に広がっていった。あなたが必要なんです《ヴィーア・ブラウヘン・ズィー》！　必死に懸命にすがるような口ぶり。だからといって、声を張り上げるわけでもない、もの静かな調子。どうすることもできない魂のSOS。悲しげに、思いつめたように。そんなふうに頼まれたら断れるはずがない。童話のなかで、水中に棲む妖怪の壺に閉じ込められた魂たちはこんなふうにアポレンカに助けを求めたのだ（そして彼女が壺から逃してやると、魂たちは感謝したが、身代わりとしてアポレンカが妖怪に魂にされてしまったのだった）。あなたが必要なんです《ヴィーア・ブラウヘン・ズィー》。私はローター・キンゼを振り返った。彼は弓でふくらはぎを掻いていた。はい《ヤー》、あなたが必要なんです《ヴィーア・ブラウヘン・ズィー》。今夜《フューア・ホイテ・アーベント》。でも《アーバー》！ あわてて私は叫んだ。そんなの、馬鹿げてる！ 馬鹿げてる！ 今、この場はまだいい。暮色に包まれた人気のない劇場で蠟人形たちが行うジャムセッションなんて、コステレツの人々が信じるわけがないから。でも夜はだめだ！ 夜はとんでもない！ 夜にはここにツェーア氏《ヘア・ツェーア》が、ペロッツァ・ニクシッチ氏《ヘア・ペロッツァ・ニクシッチ》が、どこのドイツ系チェコ人のご婦人がやってくるか知れやしない。もしかすると、対敵協力者《コラボラント》のチトヴルテック、それにカーニャさんの手先だって現れるかもしれない。だめだ、だめだ、だめだ。人形が目を閉じた。理性の声がみるみるうちに膨れ上がって破裂した。だめです！ それにホルスト・ヘアマン・キュールがやって来る。あいつは私を知っている。人の手を借りずに私をステージから引きずりおろすだろう。だめです！ あなたが必要なんです《ヴィーア・ブラウヘン・ズィー》。まただ。悲しみの道化の顔の女性と同じセリフ。だが、音域が違う。メゾソプラノでもっと甘美でショーム[*1]のような声。振り向くと、それは折れた白鳥の翼の髪の娘だった。あなたが必要なんです《ヴィーア・ブラウヘン・ズィー》、また繰り返した。もし今晩演奏してくださらないと《ヴェン・ズィー・ホイテ・アーベント・ニヒト・シュピーレン・ダン》

＊1 ダブルリードを有する木管楽器。

……、またしてもあのイントネーション。文章がまるごと、長々とした説明がすっぽり収まってしまいそうな空っぽの沈黙。そして灰色のモアビットの目にも、やはり必死にすがるような哀願の色が。私はそれ以上、なぜ《ヴァルム》、と問うのをやめた。十六か十七のときからとうに立派に生きることをやめていた私は、イントネーションに気がつかないふりをすることにした。事情があるのだと信じて問いただすのをやめた。しかしやめるにはやめたが、頭のなかでは、この「沈黙」の謎が解けつつあった。上の階のベージュ色の部屋のあの人、無精髭が生えたあごを崖のように突き出しているあの人と、関係があるのではないだろうか？　きっとそうに違いない。あの人こそバスサックス奏者なのだ。だがなぜこんな悲劇的なトーンなのだろう？　あの人がいなくても演奏はできる。コンサートを延期してもいい。こんなことはざらにある。ましてや戦争中ならなおさらだ。不可抗力《ヴィス・マヨル》というやつである。どんな怪我やら戦争の病がこの髭の生えた山をベージュのベッドに沈めさせたのか、そんなことは神のみぞ知ることだ。ただ、私だとばれてしまうかもしれません《アーバー・イヒ・ケンテ・エアカント・ヴェーアデン》。私はローター・キンゼに言った。地元の人は皆私のことを知っていますから。もし、誰かに見られたら……。ドイツ人のバンドでドイツ人相手に演奏したことが人の口の端に上ったりしたら……そう言おうとした。けれども何かが私の口をおさえた。羞恥心かもしれない。当然のように私に仲間に加わってほしいとお願いしてくるこの人たちが私の警戒心を解いたのだ。ドイツ人である彼らのほうこそ危ないだろうに（劣等人種との接触だからだ。それとも、それは性行為――これは絶対にまずいことだが――に関してだけのことなのだろうか）。いや、危険であるはずがない。あちこちのドイツのバンドでチェコ人が演奏してきたじゃないか（トロンボーン奏者のフルパは向こうで死んだ）。だが、彼らは私に頼んできた。編み上げ靴をはいた年配のババリアの山の女性が、あなたが必要なんです《ヴィーア・ブラウヘン・ズィー》！　とすがってきた。無理強いしなかった。頭ごなしではなかった。命令するのでもなかった。だからこそ、こんな誰もが私を知っている場所でドイツ人のバンドと演奏するのは怖い、と当たり前のことを口にしようとしただけなのに、恥ずかしさを覚えたのだ（そもそも当たり前とは一体なんなのか？　戦争中、ユダヤ人の工場主に共産主義者、腹の突き出たソコルの愛国主義者、結核持ちのマウトナーの職工たちが強制収容所に差別なく丸呑みされていたあの頃、敵が聞き耳をたてている、小ばなしは命取りだぞ、と人々が一様に声をひそめていたあの頃、まさか数年たっただけで、またもや人々は地下に潜りこんで――今度はウランを採掘するために――働き始めるなんて、誰が予測できただろう。もはや地上には敵はいないというのに。いったいこの世に当たり前とか、確実とか、絶対といったことはあるのだろうか）。だから私は、出かかったことばを呑みこんだ。ローター・キンゼはもしかすると事情がよく分かっていないのかもしれない。たぶん、このグロテスクなバンドは、これまで旧帝国の辺境ばかりをうろついてきて、第三帝国の保護領での演奏は初めてなのだ。キンゼが言った。一体誰に気付かれ《フォン・ヴェム・ゾルテン・》るというのですか《ズィー・エアカント・ヴェルデン》？　ヘアマン・キュール《フォン・ヘアマン・キュール》。私はいの一番に脳裏に浮かんだ危険きわまりない名前を言った。ちょっと目をつけられているんです《エア・ハット・ミヒ・ニヒト・ゲルン》。

　これはもう付け足すまでもなかったようだ。彼らはまたもや目配せしあい、ピアノの女性が咳払いした。なぜこんな悲劇的なトーンなのか？　彼抜きで演奏すればいい。が、その連想の網にこの名前が引っかかった。ホルスト・ヘアマン・キュール。そして壁紙の向こうの怒りに満ちた、脅すような声がよみがえった。だからなのか？　だからなのか？　しかしなぜ、だからなのか？　私たちが……、哀しみの道化の顔の女性が口を開き、咳払いした。なんとか変装してあげますよ《ヴィーア・コンテン・ズィー・イルゲントヴィー・マスキーレン》。そうです、ローター・キンゼが言った。できますよ《ダス・コンテ・ザイン》。道具ならありますから《ディンゲ・ダッツー・ハーベン・ヴィーア》、そう言って私を見つめた。あな《ヴェン・》たさえよろしければ《ズィー・ベライト・ズィント》……沈黙。この沈黙に苦悩が感じられた。解決しなければならない問題の苦悩。さもないと……。お願いです《ビッテ》、モアビットの声がした。お願い《ビッテ》、本当にあなたが必要なんです《ヴィーア・ブラウヘン・ズィー・ヴィルクリヒ》。スウェーデンの髪の娘。周りを見渡すと、皆の視線が私に集まっていた。盲目の男の黒眼鏡にも、私がまだ手に持っていたアルトサックスが映っていた。床のバスサクソフォンの管体のなかで死を迎えようとしているハエが、ジジジといまわの際《きわ》の羽音をたてた。はるか昔に学校で嗅いだほんのかすかな松脂の香りが鼻をかすめた。分かりました《ナ・グート》、私は答えた。電話してきます《イヒ・ヴェルデ・テレフォニーレン・ゲーエン》。

　適当に遅くなる理由をつけて、私は彼らの元に戻ってきた。ローター・キンゼのレパートリーは、一時間ほどで終了した。それは、ポルカやギャロップの偶数拍子の曲とさっぱり区別がつかない貧弱なワルツ、タンゴ、フォックストロットのごった煮だった。だが、問題ないのだ。理解に苦しむが（これはキメラや妖女モルガナの法の下で理解するべきものなのかもしれない）、この古臭い陳腐な曲、手垢がつきすぎて使いものになりそうにないメロディ、どれも似たりよったりのフレーズのハーモニー、つまり演奏としてはこれっぽっちのアイデアもインスピレーションも独創性もない荷物をしょって、ローター・キンゼは（アコーディオンのケースに貼ってあるホテルのステッカーから察するに）ほぼヨーロッパ全土を巡ってきたのだから。おそらく当初は屋台骨の傾いたサーカス一座について回っていたのだろう。そのサーカス団はおおかた前線の火の粉をかぶって丸焼けしてしまったか、パルチザンに襲われたか、はたまた一頭しかいないライオンが、一頭きりの熊、あるいは一人きりの馬乗り女曲芸師を平らげてしまい、戦時下のうるさいことを言わないありがたい客にさえ、出せるものがなくなってしまったのだろう。かくして彼らはレパートリー（そのなかには、〈美しきジプシー娘《ディー・シェーネ・ツィゴイネリン》〉や、私の母が若い頃に流行したセンチメンタルな美しい曲まであった。「天高く昇るシャボン玉のように、すべてははるかかなたに飛び上がる、人はそれを求めて夢のなかで手をさしのべる」。私たちのバンドもこれをスウィング風に味付けして演奏したことがあった）だけ引きついで独立した。そしてふしぎにも戦火を免れた辺境の町から町、村から村を巡業し、遠い辺鄙な占領地のドイツ人コミュニティを激励して回ったのだ。たぶん、一種の物乞いだったわけで、彼らにはおそらく本当に小さな中庭のほうがお似合いだった。ところがドイツ人コミュニティは、コステレッの私たちのホール（巨匠ミコラーシュ・アレシュ[*1]がオリジナルデザインを手がけたアーチ型の明かりとりがある）のように、セルビア、ポーランド、マケドニア、ウクライナのどの町に行っても最高のアール・ヌーヴォー風ホールを使えたので、ローター・キンゼのバンドにも、町一番のホールがあて

＊1　十九世紀を代表するチェコの画家、イラストレーター。一八五二〜一九一三。

がわれたのだった。戦時中のみすぼらしくてうさんくさいサーカスのつぎはぎテントから、疑似コリント式の柱頭と、ミュシャ風の丸みのある大理石の女性像が立ち並ぶ、金箔の壮麗な建築物への転身（もちろんこれは、第三帝国とその他の四流の帝国に在るあらゆる四流層にとって幸運なことだった）。娘は歌わなかった。彼らは歌には時間をとらず、ただ私の腕を確認しただけだった。一時間後には、私たちはふたたびホテルの部屋（バスサックス奏者があごを突き出して寝ている部屋ではなく、別の部屋）に戻って、夕食を取った。彼らは階下の調理場から、あちこち欠けている大きな石の器に入ったカブの煮込みを運んでくると、めいめいスプーンを取り、私ももらって、皿に取り分けて食べた。ローター・キンゼのレパートリーのような晩餐。それでも皆謙虚に、もくもくと、しごくつつましやかに、さながら儀式のように料理を口に運んだ。移動サーカス車のなかの光景、料理人の手さばきが目に浮かぶような気がした。それでなくとも、この部屋自体がサーカストレーラーを思わせる趣きで、ピンクと薄い青の（分離派風の幅広い）だんだら縞の壁紙に色あせた金色の蝶が散り（町ホテル全体が、幼稚なインテリアデザイナーのばかばかしい夢の動物園のようだった）、家具は真鍮の四角柱を組み立てたもので、ベッドの骨組の間には色あせた絹が詰め込まれていた。私たちは部屋の真ん中に真鍮の足のついた大理石のテーブルを運んできて、それを囲んだ。となりの部屋の男性は誰です？　私はローター・キンゼに問いかけた。あなたがたのサックス奏者ですか《ダス・イスト・イーア・ザクソフォニスト》？　ええ、うなずいたローター・キンゼの手が震え、すくった煮込みが音をたてて皿に落ちた。キンゼはそれ以上何も言わなかった。きれいじゃない《イスト・ダス・ニヒト・シェーン》？　大鼻の女性の声だ。彼女は皆にうなずいてみせて窓のほうに注意をうながし、咳払いした。丸い枠の窓の向こうにコステレツが広がり、ロータ一・キンゼたちに広場の眺めを振るまっていた。七時。メタルバウヴェルケ飛行機工場に動員された労働者たちがちょうど十二時間のシフトを終え、にぎやかな列になって吐き出されてくるところだった。だがきれいだというのはそれではない。女性の言う意味は教会だった。ほぼ十世紀にわたって、広場に石のプリンのように横広がりに鎮座している、黄色味をおびた桃色の古いゴシック教会。二つの塔の木製の丸屋根が苔むして、森の原っぱのように緑色に光っている。そして二つの塔の上の赤い鐘楼は、まるで二つの原っぱに立つ聖マリア礼拝堂のようだ。教会は、夕映えの蜂蜜色と木いちご色の溶岩で彩られた広場の甘いしずくのなかにたたずんでいた。ふるさとのシュピースギュルテルハイデ《ヴィー・バイ・ウンス・イン・シュピースギュルテルハイデ》みたい。女性がため息をついた。わたしの父《マイン・ファーター》はね、もくもくとカブの煮込みを皿から口元に運んでいる仲間たちの方に彼女は向き直った。父は、広場に肉とソーセージの店を出していたの。いい店だったわ、ため息をついた。くすんだ碧色のタイル張りでね。ええええ《ヤーヤー》、戦争前のことよ《ダス・ヴァール・フォア・デム・クリーク》。もう昔の話ね。あの頃はわた《イヒ・ヴァール・アイン・》しもまだ若い娘《ユンゲス・メーデル・ダーマールス》だった。そしてほっと息をついた。

それに《ウント》、ちょうどあんな感じの教会があった《ゲナウ・ゾルヒェ・キルヒェ・ヴァール・ドルト》。そう言って彼女はゆるいプリンにのっかったトッピングクリームのようなアーチ型の塔を指さした。堅信式で教会の周りに集まったとき——そう語りながら彼女は、見る者をあぜんとさせる鼻の両端からじっと私を見つめた。みんな白い絹の、そう《ヤー》、純白《ガンス・ヴァイス》の晴れ姿でね、手に手に祈禱書と緑のリースをかけた蠟燭を持っていた。そして司教様のストロフェンスキ猊下《げいか》がわたしたちひとりひとりのあいだを回って、堅信の秘蹟を授けてくださったの。聖画もくださった。ああ、すてきだったこと。みんな聖画を祈禱書のあいだにしまっていたわ。当時の人たちは聖人の絵をそりゃ大切にしていたからね。亡くなった母なんか、ヨーロッパじゅうの絵をなん百枚も集めていて、ルルド*1の絵まで持っていたわ。ええ、そうなの。ストロフェンスキ司教様はそれは立派な方。貫禄たっぷりで《ゾー・ディック・ヴァール・エア》、式服もパリッとアイロンがかかっていて、ご本人にぴったりあつらえて作ったかのように、しわひとつなくてね。みんな新調されていたわ。戦争前のことだけどね。ええ《ヤー》。そんなふうに司教様がひとりひとりの間を回ってみごとなラテン語でお祈りの言葉をくださり、聖画が配られるとね、わたしたちの列の反対側から、父が二人の見習いと母を連れて入ってくるのよ。見習いたちは熱々のソーセージが山盛りに入った大鍋を下げて、母はパンとナイフを持って、そして母の後ろからもうひとり、三人目の見習いがパンのかごを持って続いていたわ。司教様がお祈りをして祝福し、父を振り返るとね、父は大きなフォークで鍋から熱いソーセージを二本取り出して、母はパンをスライスして、堅信者に軽食を渡すの。ええええ《ヤー・ヤー》。戦争前のこと《ゾー・ヴァール・エス・フォーア・デム・クリーク》。何もかももう過去のことね《ダス・イスト・ショーン・アレス・フォアバイ》。

　工場長のジヴナーチさんのぴかぴかの車が広場を横切り、女性の顔が曇った。そうだよね《ヤー》、削られたカエサルが口を開いた。戦争前はね《フォーア・デム・クリーク》。僕はチェスをしていた《ダー・ハープ・イヒ・シャハ・ゲシュピールト》。ほかに何も興味はなくて、チェスにのめりこんでいた。ひたすらプロブレムに熱中していた。三手詰とか、インディアンシステムとかね。ああ《ヤー》、何度昼夜ぶっとおしで指したものだろう。学校にもろくすっぽ行かず、チェスのためならなんだってやった。女の子だってどうでもよかった。でも向こうはこちらの気を引こうとやっきでさ。薬局の娘のウルズラ・ブルメイとかね《ディー・ウルズラ・ブルメイ・ツム・バイシュピール》。でも僕はチェス以外、なんにも目に入らなかったから、知らん顔をしてたんだ。そしたらあの娘《こ》、とんだ手を思いついた。女ってやつは……。なんとチェス盤みたいな格子柄の服を見つけてきたんだよ。あとから聞いた話だけど、生地を手に入れるためにミュンヘンくんだりまで足をのばしたんだって。チェス盤だらけの服だよ。駒がプリントされたチェス盤がびっしりならんでて、ひとつひとつが問題になっているんだ。そんなわけでやっとこさその娘《こ》に興味がわいた。そうは言っても、この僕のことだからね。僕らはコロンを振りかけたようにかぐわしい香りがする町はずれの原っぱに座っていた。ただの干し草だったんだけどさ。空には教会の塔の時計盤から針だけ取ったような月、猫の目みたいに黄色い月がかかっていた。僕らは早くも声を落とし、ささやき合った。彼女は火のように熱くなっていた。僕は彼女のからだに腕を回して、干し草の上にあおむけに横たえた。その瞬間だよ、あのいまいましい生地さ。あの生地が月光に明るく照らし出されて、スカートの上のみょうちきりんな難題が目に飛び込んできたんだ。一巻のおわりさ。削られたカエサルは短く笑った。もう問題しか目に入らなかった。あんな問題、お茶の子さいさいだと思ったのにな。だって布地のデザイナーふぜいにどんな難題がひねり出せるというんだ。だけど、どこかのグランドマスターのプロブレム集から拝借してきたんだろうな。早い話《クルツ・ウント・グート》、さっさと解いて、それから愛し合えばいいと思ったんだ。そう《ヤー》さ。ところがどっこい、

＊1　フランス南西部にあるカトリックの聖地。

黒のキングを七手で詰ますのにふた月もかかっちまった。その間ろくに眠りもせず、勉強もてんで手につかなかった。それでウルズラはどうなったの？《ウント・ヴァス・ディー・ウルズラ》　スウェーデンの髪の娘が尋ねた。彼女？《ディー》　削られたカエサルが言った。ああ、《ヤー》　錠前師の親方のところに嫁いだ。《ディー・ハット・アイネン・シュロッサーマイスター・ゲハイラーテット》　今じゃ親方はオーバーツヴァイ《デア・イスト・イェット・ポリティシャー・》キルヒエンの政治指導者さ。《ライター・イン・オーバーツヴァイキルヒエン》　娘はうつむいた。工場長のジヴナーチさんのリムジンから美しい令嬢のブランカが現れ、レヴィトさんの館に入っていった。バレエの稽古だろう。肩ごしにかけたひもの先のトウシューズが揺れている。リムジンが走りだした。あぁ、《ナー》分かるよ、《ヤー》　義足の巨人が引きついだ。俺は戦前、酒飲みだった。《イヒ・ハープ・フォア・デム・クリーク・ビア・ゲトゥルンケン》　まあ、《ウント》しこたま飲んだものさ！《ヴィー》　俺はシュヴァーベン地方一のビール飲みだったんだが、ヘッセン州のチャンピオンの座につくチャンスをふいにしてくれたのも女だったよ。あのとき、俺たちはルッツェ親父のビール醸造所で飲んでいた。ヘッセン州のマイヤーと一騎打ちさ。奴がリットルジョッキを五十杯、俺は四十九杯を空けたところだった。五十一杯めで奴が降りた。限界で戻しちまったんだ。ここぞと俺はジョッキをつかみ、かけつけ一杯のようにぐいっとあおった。ところがよ、ビールがのどの手前でつかえてしまった。まるでビールの柱さ。分かるだろ？　ビールが胃から溢れて喉を越えて口まで戻ってきたんだ。ビールであっぷあっぷの状態さ。口から溢れ出ないように、頭を反らさなきゃならん始末だった。長くはもたんぞ、と覚悟した。ただこの勝負、入口の敷居をまたぐまで持ちこたえれば、飲んだとカウントされるルールだった。そこで俺は立ちあがってドアに向かった。こぼれないように頭を反らし、そろそろとゆっくりと。そしてもう入口は目前、さあ敷居をまたごうとしたそのときだ。まったく、悪魔は自分の踏み込めないところには女を送り込むと言うじゃないか。ルッツェ親父の娘のロッティだよ。あの娘っ子がげらげら笑いながら、ジョッキを抱えてなかに飛び込んできたんだ。よそ見もいいところでみごとに俺に体当たり。俺の口から、いいか、諸君。ビールがまるでアイスランドの間欠泉みたいに噴き出した。敷居はまたげなかった。かくして俺はヘッセン王者のマイヤーを倒せなかったんだ。義足の大男はため息をついた。そうさ《ヤー》、戦争前のことさ《ゾー・ヴァール・エス・フォーア・デム・クリーク》。もう一度そうつぶやくと、カブのごった煮をかき込み始めた。彼らはこんなぐあいに代わる代わる幻から脱け出しては、現実のことばや逸話のなかに登場してきた。いや、もはや彼らよりも、広場の甘ったるいパノラマの方が幻想的で、ファンタジーめいていた。横広がりのプリンのような桃色がかった黄色の教会が描かれた蜂蜜色のキャンバス。水槽の公女に引けを取らないくらい美しいブランカ嬢（裕福な家の娘は誰しも美しく見えた。金持ちは私のあこがれだった。木目調の部屋、香り高い煙管、大量生産の現代からすると美しくぜいたくな過去の時代、生活のための生活ではなく、夢のような生活、それが金持ちのものだったからだ）。目をつむって、また開けてみる。だが、彼らはやはり彼らのままだった。四分の一キロのカーニバルのジョーク。今は鼻眼鏡は外している。削られたカエサルの知的な風貌、焼けただれた片目が頬の真ん中までずり下がっているパルプのじいさん、恍惚から覚め、蒼白の顔にまた元のえんえんと続く存在の苦しみの表情を浮かべているせむし男。気もそぞろで落ち着かない様子の、猿の尻のように真っ赤なローター・キンゼ。ただ、今の彼らは、明るい夕焼けの日差しと色鮮やかに染まった広場に反射した光を浴び、もはや鉄の階段を下りてゆく葬列ではなかった。そして、折れた白鳥の翼のスウェーデン娘。それでわたしは彼に言ったんです、《ウント・イヒ・ザーグテ・ツー・イーム》もしキスなんかしようとしたら、《ヴェン・ドゥ・ミヒ・キュッスト》別れるわって。《ダー・ゲー・イッヒ・ヴェック》ブロンドの髪、象牙色の肌、オパールの瞳。まるで古典期以前のギリシャ彫刻のようなプラチナブロンドの頭を、桃色と青のだんだら縞の背景に重ねて彼女はそう話しだした。だから、《ウント》彼はキスしてくれませんでした。《ゾー・ハット・エア・ミヒ・ニヒト・ゲキュッスト》数学者だったんです。《エア・ヴァール・アイン・マテマティカー》ユーモアとか駆け引き、ちょっぴりはめを外す、といったセンスがこれっぽっちも、小指の先ほどもなかったんです。まあセンスというよりも、駆け引きを楽しむことですね。若い娘なら、そう言うしかないじゃないですか。《ディー・ユンゲン・メーデルス・ミュッセン・エス・ドホ・ゾー・ザーゲン》だって、言えませんわ。来てよ、ねぇ、あなたのこと気に入ったの！　キスして！　こっちに来て！　抱きしめて、とかなんとかなんて。折れた両翼のあいだに初めて笑みが、哀しい、哀しいほほえみが浮かんだ。娘ですもの、まずはダメ！《ダス・メードヒェン・ムス・ドホ・ハオプトゼヒリヒ・ナイン》と言うしかないのです。《ザーゲン》そんなことしたら、別れるわよって。なのに、あの人が知ってるのは数学の法則だけで、駆け引きとか、ちょっぴりはめを外すなんてことはさっぱりだった。ダメと言った意味を分かってくれなかった。だから、《ウント》それきりだったんです。《ゾー・イスト・ツー・ニヒツ・ゲコメン》それから……、そう言って彼女は顔をゆがめた（そう。私の勘違いではなく、顔をゆがめた）。彼のこともあって、わたしはダメ《ナイン》と言うのをやめました。それがまたまずかったらしくて。やめたって、彼に？　せむし男が訊いた。いえ、ほかの男の方たちにですわ、もちろん、《ゼルブストフェアシュテンドリッヒ》娘は答えた。それで、《ウント》その男はどうなったんだい？《ヴァス・イスト・ミット・イーム・ゲシェーエン》盲目の男が尋ねた。分かりません。《ヴァイス・ネット》たぶん、《ヴァーシャインリヒ》今ごろは兵隊じゃないかな。《イスト・エア・イェット・ゾルダート》きっとそうだよ、《ダス・マーク・エア・ヴォール・ザイン》盲目の男が言った。もちろん、もし彼がまだ……そこで口をつぐんだ。そして、付け加えた。別に兵隊でなくてもいいんだけどね。《ダツー・ブラウフト・エア・アーバー・ニヒト・ゾルダート・ザイン》再び一同は、小石をモザイクにはめるように、夢にひたり始めた。かぼちゃのごった煮（それともカブだったか。とにかく、ごった煮だ）の底が見えてきた。女性がベッドの方にからだを傾け、トランクを引っぱり出してふたを開けた。紙包みの山が現れた。女性は包みを二つ、テーブルの上に置いた。一つは小さな黒パンで、もう一つは白い紙で包んだ黄色い物質だった。包みを開くと彼女は言った。デザートよ。娘が黒パンを八つに切り分け、女性が黄色い物質をスライスしてパンにぬった。それは口のなかに甘くほろ苦く広がり、ほんの少し、舌を刺激した。ああ《アハ》、蜂蜜《ホーニヒ》だ、ローター・キンゼがつぶやいた。私が小さかった頃の、戦前の時代のね《フォーア・デム・クリーゲ》。それを聞いて、この代物がなんだか合点がいった。人工の蜂蜜、蜂蜜の代用品、ドイツの産業が生んだインチキ品だ。わが家の食卓にもときどきお目見えしていた。伯爵様の敷地には三百個もみつばちの巣箱があってねぇ《ヘア・グラーフ・ハッテ・ドライ・ハンドレット・ビーネンシュテッケ》。夢見るような目つきでローター・キンゼが語りだした。三百個の巣箱だよ。何十万匹ものみつばち！　ああ！　春の晩にみつばちが野原から戻ってくると、はちのお尻からかぐわしい匂いがぷんぷんしてねぇ、みつばちの野原《ビーネンヴァイデ》じゅうに蜂蜜の香りが漂うんだ。それに伯爵様！《ウント・デア・ヘア・グラーフ》　振り上げた手から、蜂蜜もどきのしずくが煮込みの皿に落ちたが、ローター・キンゼは気にも留めなかった。とてもいいお人だった！《ゾー・アイン・グーター・メンシュ》　それに伯　爵　夫　人！《ウント・ディー・フラウ・グレーフィン》　今じゃあのような方々はいないね。毎年、伯爵夫人の誕生日になると、ビーネンヴァイデじゅうの子どもたちがお祝いを述べにうかがってねぇ。その数ときたら！　四百人だよ！　もしかすると五百人、いやいやもっといたかもしれない！　私たちの行列は廊下から階段を下って館の外に出て、庭園を突っ切って館の門のあたりまで、下手すると門の外までのびることもあった。だけど退屈はしなかった。伯爵様が館の楽団に命じて、館の門から庭園の門までのあいだを行進して、子どもたちのために演奏するように手配してくださったからだ。そう《ヤー》、私たち子どものためにだよ《ウンス・キンダーン》。そして順番が来ると、私たちは伯爵夫人の客間に通された。夫人は窓ぎわのひじかけ椅子にかけていらした。お美しくてねぇ。ああ、なんとお美しかったことだろう！　今やあのような女性はいないね。そしてひとりずつ私たちが進み出て夫人の御手に口づけすると、ひとりひとりにほほえんでくださり、もう一方の手で用意されたかごのなかを探り、帝国のダカット金貨をくださるんだ！　お優しい方たちだった。そうさ《ヤーヤー》、とローター・キンゼは言った。戦争前の話だよ《フォーア・デム・クリーク》。いや。今じゃもう、あんなお優しい方々はいないねぇ。で、夜には庭園で花火が打ち上げられて、村の鐘が鳴り響くんだ。あたかもローザー・キンゼのことばに応えるように、ガブリエルとミハイルの鐘が丸い緑の野原の赤い礼拝堂のなかで鳴り始めた。七時か《ズィーベン・ウーア》、ローター・キンゼが我に返った。そろそろ支度しないと……。そして私を見た。で《ウント》、もしあなたさえ良ければ《ヴェン・ズィー・グラウベン》……ちょっと変装しないといけませんね《ヴィア・ミュッセン・ズィー・ビスル・マスキーレン・ネット》？

　ええ《ヤー》、私は間髪入れずに答えた。それはもう是が非でも《ダス・イスト・アブゾルート・ネーティヒ》。

　私たちはまた別の部屋、三つ目の部屋に移動した。ローター・キンゼの部屋だ。えんどう豆の柄の壁紙の上を小さな赤い蜘蛛たちが走りまわっている。そして汚れた鏡のなかで、私は彼らの一員に変身した。ローター・キンゼがトランクから化粧道具箱を取り出し（やはり、少し前まで彼らはサーカス団と一緒にいたのに違いなかった。箱には道化師の鼻のコレクションや、ちぢれた赤毛が輪っかのように絡みついたはげ頭のかつらや、ありとあらゆる髭がそろっていた）、私の鼻の下に両端が跳ね上がった大きな黒い髭、そして眉の上にばさばさにのびた黒い眉を貼りつけた。ちょっぴりグルーチョ・マルクス[*1]みたいになった（これならばばれそうになかった。カフェ・スラーヴィアで、病気で寝込んだ床屋のヘジュマーネクのサックスのピンチヒッターを引き受けたときとは違った。あのときはゲーブルの髭だったが、一発でばれて翌日の晩はもう出演しなかった）。完璧にスパイク・ジョーンズ風だ。それからまた最初の部屋に戻った。依然として男のあごが枕から突き出ている。かすかにうなるような規則正しい寝息もあいかわらずだ。ただ、辺りが暗くなってきて、やや緑がかった影が室内に差し込んでいた（教会の塔の苔が反射していたのだ）。私は上着を脱いで椅子の背にかけた。ローター・キンゼがバスサックス奏者の制服をクローゼットから取り出して、私にくれた。そう、まさにスパイク・ジョーンズ。すみれ色のサテンで縁取られたツルニチニチ草のような緑色の上着に、白シャツ、オレンジ色の蝶ネクタイ。廊下に出ると、ほかのメンバーがもう勢ぞろいしていた。せむし男と片足の巨人はそろいのけばけばしい服を着て、まるでチューインガムの派手な包み紙に見えた（安っぽいバーナムサーカスの団員そのものだった）。娘は体の線にぴったりフィットした暗紫色のドレスをまとっていた（ローター・キンゼのマンドレイクたちと比べるまでもなく、ため息が出るほど美しかった）。そのとき、彼女が誰を思い出させるのか、思い当たった。シェルポニュ・ドマニーン

＊1　髭がトレードマークのアメリカの喜劇俳優。一八九〇〜一九七七。

の令嬢のように、私があこがれた（十六、七のときだった）娼家「館のふもと」のうるわしき娼婦、ミッツィだ（もっとも二人に対するあこがれは別物で、正反対の気持ちから、別の思いから、だった）。私たちはいつも、肌が青白く、この上なく美しくて魅力的なミッツィがプラチナブロンドをなびかせて散歩道を駆け抜けていく姿をただ目で追っているだけだった。だがある日、私はウルリヒといっしょに彼女に会いに出かけた。この日のためにふたりで軍資金も貯めてきたのだ。ところが私たちときたら、娼家（陰気そのもので、豪華なところはかけらもなかった）のロビーで怖気づいてしまい、しっぽを巻いて逃げ出したのだった。私たちはミッツィが胸元を大胆に開けたネグリジェ姿で部屋のドア口に立っているのを垣間見ただけだった（うるわしき娼婦のために貯めこんだ軍資金は、安い蒸留酒のやけ酒に消え、ウルリヒは医者まで呼んでもらうはめになった）。以来、もはや永遠に、私たちは午後のほんの一瞬、通りすぎる彼女を拝むだけになった。彼女は彼女の神話のなかの人だったのだ。ミッツィは豊かな黄金のたてがみに隠れたタイトスカートのなかで、哀れみを誘う美しい両脚に支えられたとびきり優美な曲線のお尻をくねらせながら歩いた。彼女は、よくチンチラの毛皮をまとってガソリンの匂いを振りまきながら、誇らしげに町を横切る（しかも徒歩で！）ジブナーチさんのブランカ嬢と同じように手の届かない存在で、同じように、だが違った意味でミステリアスだった。やはり、この町、この散歩道、この通りの神話だったのだ。ミッツィはその後、戦争が終わると織物工と結婚した。ほどなくふたりは、政治的理由だか闇商売の理由だかで逮捕された。その後はもう、彼女はめっきり老けこんでしみだらけになり、ついには町の神話も、散歩道の神話も消え、散歩道自体も消滅した。万物は消え、滅び、失われ、朽ち果てる。ローター・キンゼが例のツルニチニチ草のような緑色とすみれ色のナイトクラブの制服姿で現れ、私たちは、ホテルの奥に向かって早くも二度目となる行進を始めた。自然光がとだえ、老朽化した壁に影が浮き上がると、ふたたび一行は白雪姫と七人の小人に変身した。ただし、今回は私も彼らのうちのひとりだった。そしてまたもやあのぎこちない戦争のハーモニー。ステージ上にはもう幕が下りていて、客席の暗い空間（今度はもう照明がついていた）は、私たちのステージからビロードのカーテンで仕切られていた。私たちは各自、半円状に並べられた楽器スタンドのところに座った。

私は幕の方に近づいた。エミル・ルドヴィーク、エリート・クラブ、カレル・ヴラフ[*1]、過去の並いる栄光のバンドの名前で神聖化されてきたステージ。ステージは黒い背景幕で隠されていて、私は背景幕の裏の飾り板で挟まれた空間に身をひそめて、天国のしらべに耳を傾けていたものだった。歌手のミラダ・ピラートヴァー、通称ジプシーの声も耳に残っている。私は休憩のあいだも幕の後ろで彼女たちが叩き合う軽口に耳をすまし、すきまから彼女の姿を追った。うわさでは、その後彼女は酒ぐせと売春という理由でズリーン[*2]から締め出されたとの話だった。製靴工場の若い女工たちに、ズリー

＊1　いずれもナチスの占領時代に活躍したチェコのジャズバンド。
＊2　チェコの町。靴メーカー、バタ社の創業地として有名。

ン・グランドホテルから引きずり出されたというのだ。いつものパターンだ。彼女のような人種はいつだって激しく憎まれ、必ずや追い出され、クビにされ、追放される。おそらく、彼女たちのことばがあまりにも強烈に魂に響くから、そしてそもそも魂というものを持っていない者たちは、こうした人たちのことば、証言、思想に耐えることができないからだ。けれどもそれまでは、彼女は、カフェやワインバーの遮光した窓からリフが漏れ、光とともに戦時下の保護領の夜に溶けていく、グランドホテルから映画館にかけての一帯、ズリーン版ベイズンストリート[*1]のクラブでステージを踏んでいたのだ（三週間ほどだった。大きな歴史的エポックは、往々にして短命に終わる。その偉大さは、思い出と名声のなかでより生き長らえるかのように思える）。またその通りでは、グスタフ・ヴィヘレク[*2]（メンバーは白いジャケットに、引越し屋の人夫のような肩をいからせ、ジャンゴ・ラインハルト[*3]のような口髭をたくわえていた）が、アンプにつなげた弦楽器でシンコペーションを利かせ、軽快に揺れるようにスウィングし、通りの向かいではホンザ・チーシュ[*4]が、古きニューオーリンズにおけるかつてのバンドの戦いのように友好的に腕を張り合い、通りをもう少し下った先には、ボベック・ブライアン[*5]、そしてインカ・ゼマーンコヴァー[*6]が、パンチの利いた声でバタ社の若い男たちを眠りから目覚めさせ、いっせいに冷たいシャワーに走らせた。ありとあらゆるもの、戦時下の夜、遮光カーテンのすきまから漏れる光、戦時下に純粋に音楽だけを求めて、はるばるプラハから苦労してヒッチハイクでやってきた少女たち《クリスティーンカ》、保護領下の世の中で派手にめかしこんだ映画人、目を生き生きとさせ、神のお告げを聞くようにソロ・ブレイクにかじりつくニッカボッカ姿の学生たち、死の栄光を忘れたい兵士たち、夜に生きる者たち、子羊たち、火の気のないカンテラ、何もかもが、グランドホテルから映画館にかけての私たちのファンタジー、パーディド・ストリート[*7]、ティン・パン・アレー[*8]で、戦時中のスウィング・ルネッサンス、半禁止状態にあったミレンバーグ・ジョイズの曲に合わせて軽快にスウィングしていた。ジプシーはここでジャズの女王として君臨し、代々の君主のなかで最も短命ながら、まばゆい時代、ジプシー神話の時代を築いたのだった。その後、エキセントリックなニグロ音楽を公の場で演奏したという理由でヴィヘレクが逮捕されると、カフェはいっせいに沈黙し、ホンザ・チーシュはツアー途中に凍結した路肩で絶命し、インカ・ゼマーンコヴァーはカフェ・ヴルタヴァに落ちのび、パーディド・ストリートには警察の嵐が吹き荒れた。もはやこれも伝説だ。どこま

＊1　ニューオーリンズの紅灯街、ストーリーヴィルの繁華街。
＊2　「レッド・ミュージック」13ページの注を参照。
＊3　ベルギー出身のジャズミュージシャン。一九一〇〜一九五三。ジプシー・スウィングの創始者。
＊4　チェコのジャズミュージシャン。?〜一九四四。エリート・クラブのリーダー。
＊5　チェコのジャズミュージシャン。一九〇九〜一九八三。ヴァイオリン奏者。
＊6　「レッド・ミュージック」21ページ以下参照。
＊7　ニューオーリンズの通り。ルイ・アームストロングの〈パーディド・ストリート・ブルース〉で有名。
＊8　ニューヨーク市マンハッタンの音楽会社が集まっていた一角。

でが現実でどこからが夢だったのか、さだかではない。束の間のできごとだった。しかしそれがきっと、世の習いというものなのだ。私は幕に近づいた。ガラス張りののぞき穴が光っている。目を当ててみた。どっと悲しみが押し寄せてきた。ホンザ・チーシュはもはやこの世の人ではなく、ジプシーはブルノのどこかに身を隠し、フリッツ・ヴァイス[*1]はテレジーンに送られた。私はもう大人なのだから、パーディド・ストリートのような下らないことではなく、もっと真剣なことに身を入れるべきだった。あちこちでかつての私たち（ローター・キンゼのバンドのことではない）のように哀しくも美しい音楽、スウィングに熱中した小さなバンドが、やはり滅びゆく運命をたどっていた。私は穴をのぞいた。ちょうど正面にペロッツァ・ニクシッチの奥さん《フラウ》が座っている。赤い絹をまとい、首にはダイヤのネックレス（あるいは模造ダイヤかもしれないが、たぶん本物だったと思う。きっと、ペロッツァ・ニクシッチのアパートがコリッチョネロヴァーさんの住まいだったように、あれもコリッチョネロヴァーさんのものだったのだ）をつけている。隣にＳＡ[*2]の茶色のシャツを着たペロッツァ・ニクシッチ氏《ヘア・ペロッツァ・ニクシッチ》。頭を短く刈りこんで、むっつりとした顔をしている。今はドイツ人だが、その前はイタリア人、その前はセルビア人だった。その前は……、神のみぞ知るだ。いずれのときもかなり堂々とした変身ぶりだった。一体本心は何を考え、その正体は何者なのか。息子は乱暴者の酔っぱらいで、プールで溺死した。その隣はツェー氏《ヘア・ツェー》、やはり制服だが黒色で、きっとＳＳだかＮＳＤＡＰだかＯＴだか、そういった冷たい略称の制服だ。忠実な党員。奥さんはアンティークのばかでかい金のブローチをしている。これもどこかで見た覚えがある（ほぼ確信に近かった）。誰か別の人、確かもう亡くなった人の胸元にあったものだ（ここにあるのは、盗品ばかりだった。かつて、人々を搾取して手に入れた貴金属が、いまや単純な強盗と殺人で奪った貴金属になりかわったというわけだ）。ビロードのドレスを着ている。そしてその後ろには、サテンの生地に身を包み、動く品評会さながらに、宝石を身につけたドイツのご婦人方。これらの宝石の出どころは、厳格な法治社会だったら、まともに証明などできないだろう。いずれも死にたどりつく、小さなきらめきの逸話だからだ。そして黒、茶、灰色の制服。鉄十字が並ぶパノラマ。まるで現代版ヒエロニムス・ボスの絵画のように、灰色と茶色のトーンに染めあげられたこの人たちは、ロータ－・キンゼとエンターテインメント・オーケストラを聞くためにここに集まったのだった。

私たちはだまされていやしないか、マーク・トウェーンの「王と侯爵」[*3]のように、狂気のペテンにはまるのではないか、ふとそんな不安に襲われた。そのうち革の鏡のような長靴をはいたこの男たちが束になってロータ－・キンゼに襲いかかり、タールを塗りたくって羽毛を貼りつけ、棒にくくりつ

＊1　トランペット奏者。テレジーンでも音楽活動を行い、アウシュヴィッツで殺害された。一九一九～一九四四。
＊2　SAはナチス突撃隊の略称。後出のOTはナチスドイツにおける工事請負機関「トート機関」の略称。
＊3　『ハックルベリー・フィンの冒険』に登場する二人組のペテン師。

けて、復讐心に燃えた雄たけびをあげながら、ＮＳＤＡＰの事務局の前を彼をかついでレドゥーエ川へ向かうのではないか。私は振り返った。ローター・キンゼはツルニチニチ草色とすみれ色の上着姿で立っていた。スポットライトの冷たい光に包まれた赤いはげ頭が、まるで乳白色のワイングラスのなかに忘れ去られたひしゃげた苺のように見える。彼は黙ったままピアノにもたれかかっていた。その後ろには、手垢のこびりついた鍵盤の上に、哀しげな道化の表情を浮かべた女性の顔。なんとも形容しがたい鼻のせまい付け根に鼻眼鏡を乗せ、風船のような体には、えりに緑のレースをあしらった黒のドレスをまとっている。そしてせむし男と削られたカエサルと巨人。いずれもけばけばしいすみれ色とツルニチニチ草色のいでたちで、不機嫌そうに黙りこくっている。彼らは待っていた。またしてもつつましく。そしてその晩のつつましさの何かが、演奏への期待に変わりつつあった。ヨーロッパの辺地をさまよってきた悲しみの葬送の仲間たち。戦時下ならではだったのかもしれないが、支離滅裂に嘆きわめくメッセージを引きずりながら、広大な戦地の辺境にうずもれた町の華麗なアール・ヌーヴォー風劇場を渡り歩いてきた仲間たち。盲目の男はまだ苦しげに顔をゆがめていた。紫色のブロケードのドレスを着た金髪の娘は、うつむいてピアノのかたわらで小さな椅子に腰かけていた。ステージ裏では私の顔見知りのチェコ人（だがたぶん私だとは気付かなかったと思う。少なくともばれないようにと祈っていた）の舞台監督が、照明を調節するつまみとスイッチの制御盤のところにスタンバイし、やはりおもしろくなさそうな顔をしていたが、それはドイツ人のために働かなければならないからだった。私はもう一度のぞき穴をのぞいた。蠟人形館にもう一体追加だ。ちょうどＳＳの黒服に身を固めた、お手本から抜け出たようなやせぎすのドイツ人、ホルスト・ヘアマン・キュールが席に着いたところだった。つまり、もうコンサートを始められるというわけだ。

私は急いで自分の席に戻った。ローター・キンゼが何やら頭を振って合図した。きっと気合いを入れるためだろう、弓を取ると威勢よく樹脂を塗りつけた。またもや顕微鏡でしか見えないくらい細かい吹雪がステージ上に舞った。私の隣にあったバスサクソフォンは、もう床に置きっぱなしではなく、セッティングされていた。誰かが（明らかにパルプのじいさんだ）いつのまにか準備してくれたのだ。水中に棲む銀の恐竜の美しい首のようだった。悲しみの道化の顔の女性はもう準備万端で、両手を鍵盤の上にのばし、指を正確に出だしの和音のキイ上に置き、血走った小さな目をひたとローター・キンゼにすえていた。盲目のせむし男の骨のような手で握られたスティックは、スネアドラムの革の上にそっと配置されていた。削られたカエサルは唇をなめ、巨人は両手で小さなバンドネオンを抱き上げた。私たちはサルのように赤くはげあがった紫色のトスカニーニの指揮棒の下で、あたかもカーネギー・ホールの交響楽団か何かのように待ちかまえた。

幕の向こうのざわめきがやんだ。ローター・キンゼが弓を持った手を振り上げ、折れた白鳥の翼のような髪の娘が立ち上がり、マイクに近づいた。カタカタカタ……という音とともに、幕が中央から両側に開き、私たちの前の暗い客席の黒い穴がどんどん広がっていった。舞台監督が照明を全開にした。ローター・キンゼがバイオリンの腹をコツコツと四回たたき、そして身をあずけるようにして弦をこすり始めた。ひりりとするような二重音が弾け、感動するほど高々と跳ね上がった。私がアルトサックスで続いた。左隣でバンドネオンが泣き声をあげ、ミュート機能の鈍いラッパがしゃくり声をあげた。続いて娘が前奏なしに、メロディもまだ流れてこないのに（それともこれがメロディだったのだろうか、これが?）、いきなり歌いだした。肝をつぶす声だった。まるで鐘がひび割れたような音。低音のアルト。ひたすら悲しげで、《ゾー・トラオリヒ》鐘のような声だった《ヴィー・アイネ・グロッケ》。

禿鷹は叫んで輪を描くだろう《クライシェント・ツィーエン・ディー・ガイアー・クライゼ》
大都市は皆からっぽになるだろう《ディー・リージゲン・シュテーテ・シュテーエン・レーア》……

そして私たちは彼女の美声を（かつてはきっと美しい声だったのに違いない。つまり戦争前は、という意味だ。彼女の内部もやはり、時代と、時代の悪の力にどこかしら壊され、傷つけられたのだ。パンクしたような、つぶれたような、ずたずたの声だった。もっと後年になってこの声と似たハスキーヴォイスという声が流行ったが、当時は甘く、ソプラノで、グランドオペラ風に、あくまで上品に歌うのがよしとされた。ハスキーな声はユーモラスに聞こえることもあるが、この声にはそれは感じられなかった。ただ、ひび割れた鐘と、弾力を失った弦の悲しみが感じられるだけだった。かつて、陰りをおびて美しく響きわたったアルトは、今では古い蓄音機の雑音、焼き払われた森にかかる夜のざわめきに満ちていた。しかもそのざわめきは、乾いた枝のさらさらとした音ではなく、きしんだ音で、炎症と火傷で丸坊主になった巨大な病めるヨーロッパの平原のここかしこで、裸の木の樹皮が硬く炭になってぱりんと割れる音だった。そのヨーロッパの平原を――まるで巨大なポプラ並木のように、天に届くほど高くたちのぼる煙の柱に縁取られた道を――ローター・キンゼは灰色のバスでがたごとと走り抜けてきたのだった）、またもや、今度はメゾフォルテのごった煮、そして冗談のようになんの動きもなくぎこちなく刻まれる拍子の図々しい素人芸で囲い込み、そのなかで彼女は、声の半分のアルトで抑揚をつけ、残りの半分、フラジオレット[*1]のような傷ついた声帯で、猫がわめいているような、私たちのでたらめな音程の相手をした。シナゴーグのなかを渦巻くようなこの声の群れは、めいめい勝手にぼやきながらも、雑声合唱団として何か共通の運命を嘆いていた。もっとも誰も周りに合わせるような芸当はできず、ただばらばらの声が渾然一体となって、調子っぱずれのメロディをつむいでいた。巨大な鼻の女性のやかましい機械的な低音。斉奏のアレンジなのにまるでそろわず、この憂える声にピアノのブルースのようなニュアンスを添えているラッパとバンドネオンの声。そして私のサッカリンのような声。ローター・キンゼは、やけっぱちになった敗者のように、何かアクセントをつけようとしている。あのおなじみの奇妙なコントラスト、美と醜だ。娘と私たちの外見、あの深みのあるひたすら心地よいアルト、半分きりの美しい声と、六人の道化師楽団がサーカスのように感情たっぷりに奏でる、絵空事のような奇天烈な音楽。

*1　弦楽器の奏法。

人類はコルジレラに横たわり《ディー・メンシュハイト・レーク・イン・デン・コルディレーレン》
誰ひとり知るものはいなくなるだろう《ダス・ヴュステ・ダン・アーバー・カイナー・メア》

そして私の正面では、ベルリン・パンコー地区のガーデンレストランのけたたましいセンチメンタリズムにひたり、ホルスト・ヘアマン・キュールと多産なドイツ女性たち（口髭と眉のおかげで、私は彼らから安全に引き離されていた）の世界が、調子っぱずれの波に大きく揺れていた。そしてその嘆きのセンチメンタリズムに抱かれ、ヘアマン・キュールの厳格さが、まるでチョコレートでできた総統の胸像のように溶け始めた（その胸像とは、隣のドイツのズデーテン地方の町で、広場に店をかまえる菓子屋のデューゼレ親方が、ズデーテン地方が帝国に併合される日を記念して制作したものだった。ショーウィンドウに飾られたその胸像は、皮膚はアーモンドペースト、口髭と髪の毛は黒っぽいビターチョコレートで作られ、総統を忠実に模していた。ところがデューゼレの店のショーウィンドウは南向きで、当日は併合を歓迎して太陽が顔を出した。町には総統の鉤十字のシンボルがはためいていたが、日陰を張りめぐらすには不十分だった。お昼をまわるとまもなく、総統は崩れ出した。片方の目から砂糖の白目がはがれ、ゆるんだアーモンドペーストの頬をゆっくりと滑り出し、ショーウィンドウの床にしきつめた、赤い小さなバラで飾ったすっぱい棒菓子と、キャンデーと五八レーシュのチューインガムで作られたワニのあいだにぽとりと落ちた。午後二時をまわると、鼻の先が尖って溶け始め、総統の顔はぐいんと下に伸びた。苦虫をかんだような、不自然なほど悲しげな表情が顔をおおい、イースターの黒い蠟燭のしずくのようなチョコレートの涙が頰を伝い始めた。夕方になると、菓子職人の見事な胸像は見る影もなくなり、かじられ、引っぱられ、べそっかきのような無残な輪郭になり、絶え間なく形を変えるどろどろの死せる頭《こうべ》と化し、日が落ちてあたりが冷え込むと、そのまま固まってしまった。ガーデンパーティから菓子作りの親方が帰宅すると、その晴れがましい併合の当日にさっそく彼を待ちかまえていたのがゲシュタポだった。ショーウィンドウは慎み深く、ペンキで塗りかくされた。それから胸像がどうなったのか、私は知らない。叩き壊されたのかもしれないし、誰かが平らげてしまったのかもしれない。はたまた親方の後継ぎがアーモンドペーストで子豚でもこしらえたのかもしれない。国家元首の運命は得てしてこういうものなのだ)。曲を追うにつれ、敵国のゲルマン種族の長官、ホルスト・ヘアマン・キュールのかたくなな表情がゆるみ、ゆがんだ、心ここにあらずといった笑みが口元に浮かび、うっとりと夢見るような眼差しになった。ドイツのご婦人がたの顔も右にならえだった。すみれ色のサテンの妖怪のようなローター・キンゼは、ありったけのサディスティックなエネルギーを危なっかしい和音にそそぎ、バンドネオンの男は、母親のスカートのすそをぎゅっとつかむ臆病な子どものように、バンドネオンにしがみついていた。実に陳腐なパラレリズム。そして削られたカエサルは、まるで鈍いミュート機能に恋でもしているかのように、アコーディオンひきの音にすり寄っていた。しかし、すべてが不気味であればあるほど、そしてもういいかげん、鉄の十字架と母親らしいたっぷりとした乳房がならぶ最前列の後ろから、腐った卵やらリンゴの芯やらが飛んでくるに違いない、と思えれば思えるほど、ホルスト・ヘアマン・キュールの目に浮かぶ夢は、いよいよ本物の光を帯びていった。自信という鱗《うろこ》が、体面を保っていたものが、家庭のなか以外どこであろうが偉そうにして、凶暴で居丈高に振るまう征服者のよりどころであったものが、はがれ落ちたのだ。ローマ帝国の横柄な「わたしはローマ市民である《ロマヌス・スム》」と似たようなものが。そして恍惚としたサッカリンのように甘ったるい表情に、バイエルン、あるいはプロイセンの小さな町に対するあこがれ、革の半ズボン[*1]に対するあこがれ、なんの値打ちもない故郷の温かな世界に対する、ちっぽけで心をかき乱されるようなあこがれの色が浮かび上がった。その世界では、祭壇に総統がまつられている、目抜き通りの五部屋付き賃貸マンションに住むことはないだろうが、素顔のままの自分ではいられたのだ、貪欲な願望だか愚かさゆえに、無慈悲な規律、ドイツの偉大な規律を身につけたりすることもなく。調子っぱずれのハーモニー、ひび割れた声、無感情で、正確だが生気のないピアノのベース音、これらは無茶苦茶であればあるほど、ホルスト・ヘアマン・キュールの魂（または彼の奥底にあるもの）にいっそう身近に響き、そしてビアホールで思いついた、いずれもささいな不正で財を成し、市場やビルの受付係から、この金箔のセセッション・ホールの客にのしあがった、まるまると肥えたドイツの露天女や公務員たちの耳に、より身近な音に響くのだった。以前はこのホールでは、高校教師二人と病院の医長、本屋の店主からなるコステレッツ弦楽カルテットと、さらにチェコ九重奏交響楽団が、文化や文明に関心をもつ住民や、地元のスノッブなひとにぎりの集団のために定期演奏会を催していた。それが今や盗まれた宝飾品が一堂に会した場で、ローター・キンゼとエンターテインメント・オーケストラ《ローター・キンゼ・ミット・ザイネム・ウンターハルトゥングスオルケスター》が高らかに演奏しているのだった。

　かつて、ここには蘭の花が咲き乱れたことがあった（そうさ。幕が開いたとき、それはまさしく、光の洪水のステージに新しい現実としての青いバラが咲き開いたかのようだった）。R・A・ドゥヴォルスキーのジャズバンド。[*2] ひょっとすると、あのバンドも馬鹿げたものじゃないか、そんなふうに私は夢想していた。ジャズが占めるのはスズメの涙ほどで、その他は何が詰まっているのか知れやしないバンド。それなのに誰もがこの馬鹿らしいハエトリ草のようなもの――コステレッツにも、そしてきっと私たちの世界という大きなコステレッツにも理解できないもの――に、絡めとられてしまうのだ。その瞬間、いかにも人は人生への扉が開かれたかのように錯覚するが、残念ながらそれは、この世界と、この世界によって歓迎されるものからはみ出した人生で、扉の先にあるのは芸術ではなく、感情、陶酔感であり、おそらくは視覚的、聴覚的なまやかしなのだ。まんまとあざむかれる瞬間。しかしながらこれこそ生物の本質なのであり、ちっぽけで幼稚でナイーブで上っ面だけのもので、深みのある高次の感情に欠け、単純で、人であることが無力であるように無力で、よりよい人生の扉を開くための表現すら持ち合わせないものなのだ。それでもこの瞬間に人生は決まる。この

＊1　チロル地方の伝統衣装。
＊2　戦間期に活躍したチェコのバンド。

一度きりで永遠に。いわば、このときどのように幕が上がったか、どのように管弦楽器のシンコペーションの利いたフォルティッシモがホールを揺るがしたか、どのように蜜のようなサックスの音色が飛び交ったか、こうしたダイヤモンド（もしかするとガラスかもしれないが、盗品ではない）の経験が記憶に刻まれたら最後、一生が決まってしまうのだ。そしてこのはるか遠い神話の幻は、ゆくゆくは私たちを破滅させる。なぜならこれは若さにつなぎとめる錨であり、幼稚性との絆であり、やがては幻と化すものの、あまりにも長く人を縛りつけるために、人はもはややり直すことはかなわず、すべては遅きに失してしまうだろうからだ。私は吹いた。貧弱な音楽の力が、私をキンゼのすっとんきょうな素人音楽家集団にぎゅうぎゅう押し込んでくる。私は楽器使いの道化のように、借り物のアルトサックスでうめき声をあげた。頬を涙が伝った。なぜなのか、分からなかった。決して分かることはないだろう。この世に生を受けたが最後、いつかは死なねばならないという哀しみ、大昔からのアルファオメガ。もはやホルスト・ヘアマン・キュールさえ私の目には映らなかった。目の前で、激しく空《くう》を切り、激しくミスタッチする弓に縁取られ、ローター・キンゼのすみれ色の背中が大きく波打っている。つぶれた声で歌いあげるモアビットの娘。すべては過ぎ去ったこと《エス・ゲート・アレス・フォリューバー》、すべては終《エス・ゲート・》わったことなの《アレス・フォアバイ》[*1]。まるで、灰色のマイクロバスのそばで過ぎ去った平凡な午後と、星空の窓の下のベッドの上に必ずやまた訪れる平凡な夜（私は、超自然的現象を信じていなかった）の間に、狂乱のくさびが打ち込まれてできた時間《とき》の波間にもまれる舟のようだ。いや、こんなこと、コステレツは信じるまい。ふいに私は自分が幻の群れのなかにいることを思い出した。我に返った瞬間の、なんと辛辣で、とげとげしく、残酷なこと。なんと何もかもむごいのだろう。こんな息苦しい、できそこないの世界、夢で織られたやわらかな赤ん坊の元に連れてこられるとは。こんな夢をいつまでも貫いているとは。もっとも何も壮大な夢ではない。病や、せせら笑うようなトゲのある若い娘の笑い、無能、映画館での孤独な午後、そして、いつかは終わる、すべては崩れ落ちるのだという夜の悪夢、夜の恐怖、こうしたことで彩られた病的な無力と無能の夢だ。はじめて乗るバラ色の乳母車で、死の手に撫でられる赤ん坊。視線と耳と接触という恐怖に触れられる赤ん坊。孤独なできそこないの赤ん坊。それを理解しないおろか者たち……。私は吹いた。巨大なバスサックスが、暗い絵画の額縁のように私の上にのしかかってきた。ふいにひらめいた。すとんと胸に落ちた気がした。今までも、これからもずっと、私はローター・キンゼの一員なのだ。私は今までずっと、彼らと落ちこぼれの旅をさすらってきたのだ。そしてこの先もずっと、悲痛な最期の瞬間まで、彼らとともに歩み続けるのだ。みすぼらしい一団の悲しみをたたえ、彼らの頭上に、割れた鐘のつぶれた声で歌う娘の背後に、バスサクソフォンが絞首台のようにそそり立っている。客席のドイツ人コミュニティ《デア・ドイチェン・ゲマインデ》の顔が上を向き、下を向き、重なり合い、それに合わせるように、ローター・キンゼの骨ばった指が、二本の弦とたわむれている。ひとつひとつの幻、楽章、ヒット曲、タンゴ、単純なフォックストロットのあいだには、別の

＊1　ドイツの歌手、ララ・アンデルセンが歌った戦時歌謡。

不協和音、拍手がわきおこり、そのたびに決まってステージの後方から大きな太鼓の音が暗い革の雷鳴のようにとどろき、喝采を盛り立てている。せむし男の眼鏡は、ライトアップされた張り出し舞台のほうを向き、その下では青い唇がえんえんと続く不安と抑鬱から解き放たれ、自分の背中とよく似たでこぼこの音楽に乗って、笑みに近いカーブを描いている。しかし、ホルスト・ヘアマン・キュールはそんなことは何も分からない様子で、ただ拍手していた。そしてふたたび、大雑把なできそこないの新しい嘆き声。新たな拍手。そのとき、肩に誰かの手が触れた。ふり向くと、それは白くやわらかい手で、労働者ではなく、ほかの方法でパンを得ている人の手だった。手首から向こうは何かすべすべした素材、おそらくレースを何重も巻きつけてその上にボタン付きのゆったりとした袖をかぶせた、まぶしいほど白くぴったりとした袖のなかに消えていた。声がした。こっちに来い《コンム・ヘーア》！ステージの裏《ヒンター・ディー・クリッセン》だ。押し殺した、耳ざわりでかすれたささやき声。私は視線を腕から脇、顔のほうに持っていったが（ずしりと重みのある大きな男の手だった）、男の顔は、バスサックスのカーブ部分に隠れて見えなかった。そこで目がくらんだふりをして立ち上がると（拍手はまだ鳴っていた）。娘がお辞儀し、白鳥の折れた翼が、悲劇の面の両側で力なく揺れていた）、がっしりとつかまれ、ほとんど強引にステージ裏に引っぱられるのを感じた。ようやくそこで男の姿を見ることができた。野性的で図体の大きな、四十がらみの男だった。鉛のいばらの冠のような白髪が絡まった黒髪。荒々しい漆黒の目。黒い口髭。細長い、シチリア人のような顔立ち。男は正気ではなかったが、この狂った時代には、そのほうがまともだと言えた。男が誰なのか、ぴんときた。さっきまで、ホテルの藍染模様の白い枕から突き出ていたあご、無精髭の伸びた青々としたとがったあごが、白いえりから飛び出している。それはあの最後まで正体が分からなかった人物、あの眠れる男、ローター・キンゼ・オーケストラで、私が自ら進んでではなく、代役をつとめていた人物、あの謎の人物だった。よこせ《ギーブス・ヘーア》、男は乱暴にそう言って、私からツルニチニチ草色とすみれ色の上着をはぎとった。スウェーデンの娘と同じで、外見上、男にはなんのおかしなところもけがのあとも見当たらなかった。ローター・キンゼのはげ頭のように、皮膚が焼けただれたあとの、赤い炎のようなやけどもなかった。義肢とかせむし、巨大な鼻、はたまた光を失った目の持ち主でなかったのは言うまでもない。もう一方の手も、二重の白い袖のなかに収まっていた。男は私の手からアルトサックスを奪い、私の頭からサックスのストラップを引ったくると、うなり声をあげ、まわれ右をしてステージに出ていった。男が席に着き、アルトサックスを楽器スタンドにすえた。ローター・キンゼの目の端に、ツルニチニチ草色の動きが映った。ローター・キンゼはお辞儀をしたついでに、視線を脇のあいだから男の顔にすべらせた。目に驚きの色が走った。お辞儀をしたまま、ローター・キンゼは凍りついた。（私の）知らない男は、ぞんざいにバスサクソフォンをつかむと、引きよせて腕にかかえた。削られたカエサルが男を振り返り、眉をひそめた。アコーディオンひきも男に気付いたが、ただうなずいてみせただけだった。巨大な鼻から鼻眼鏡がずり落ちてひもの先にぶらさがり、女性が苦笑をもらした。男がバスサクソフォンのマウスピースを勢いよく口に突っ込むと同時に、拍手がやんだ。客席のとろけそうな顔をした面々、もはやゲルマンらしさがどこかへ行ってしまった面々が、小首をかしげ、夢いっぱいの眼差しを新しく登場した人物にそそいだ。ロータ一・キンゼは心配そうに、落ち着かない様子でバスサクソフォン奏者を見つめ、おそるおそる問いかけるようにうなずいてみせた。バスサクソフォン奏者もうなずき返したが、おそるおそるどころか、一切の注目を跳ね返すように首を縦に振った。ロータ一・キンゼが弓を振り上げ、午後のリハーサルでからだ全体を使ってワルツを表現したように、両方の弦に身をあずけた。リハーサルと同じように、調子っぱずれのしつこい序奏が流れ、みすぼらしい十二拍を這い始めた。

私は背景幕にしがみついた。バスサクソフォン奏者が息を吸い込んだ。ステージにすさまじい、重苦しい、先史的なトーンが炸裂し、機械的なワルツを奏でる楽隊車を乗っとると、すべてをかき消し、不協和音を丸ごと呑みこんで体の奥でかみくだいた。男は怒り狂った捨てばち状態の肺から、底知れない力で大きな楽器に息を吹き込んだ。とたんに、〈熊《デア・ベーア》〉の曲のテンポが落ち、メロディがとぎれ、バスサクソフォンのやかましい音から息づかいがもれ、そしてバスサクソフォン奏者の指が、巨大なパイプのくすんだ銀色の頑丈な管体を、まるで何かを物色するように猛然とかけずり始めた。私は目をみはった。三連符がもたもたと鳴った。指が走っては止まり、止まっては走り、それから管体をきつく抱きしめた。私は目を閉じてみた。ドラムとピアノの機械的な四分の三拍子、オーケストリオンのウンパッパという音が聞こえる。ところがその上を、踊るオスゴリラのように、黒い翼をゆったりとはばたかせる毛むくじゃらの怪鳥グリフィンのように、金属の大きなのどからほとばしる声、竹の声帯をたばねた力、バスサクソフォンの音色が飛び回っている。しかし四分の三拍子ではない。はみ出している。限りなく謎めいているが情感たっぷりの力で、重たいフォービートを軽々と飛びこえて七拍子にすべりこみ、機械的なウンパッパだけでなく、想像しうる限りの四拍子に立ち向かっている。まるで音楽の法則を一切振り払おう、それだけでなく、自分を抑えつけているもっと巨大な何かも振り払おうとしているかのようだ。これまでの恐ろしい日々の、ある恐ろしい瞬間から、今宵の赤い太陽に向かって上昇していく、黒く、不吉で悲劇的な多《ポリ》リズムの不死鳥。あの子どもの頃の夢、エイドリアン・ロリーニ。彼がこの人の姿を借りて現れ、闘っている——そうだ。私は目を開けた。サクソフォンを抱えた男が闘っていた。演奏というより、力ずくで押さえつけていた。いがみあう二頭の兇暴で危険な猛獣が、激しく取っ組みあっているような音だった。男の炭坑掘りの手（大きさのことであって、節くれだった労働者の手という意味ではない）が、ブロントサウルスの首のような盲目の管体をぎゅうぎゅう締めつけ、胴体から盛大にしゃくりあげる声、はるかな古代の悲鳴があがった。もう一度私は目を閉じた。幻の光に包まれる寸前、二列の顔のショットが一瞬目に入った。ローター・キンゼとエンターテインメント・オーケストラ《ローター・キンゼ・ウント・ザイン・ウンターハルトゥングスオルケスター》、それにホルスト・ヘアマン・キュールと側近の顔。ホルスト・ヘアマン・キュールのだらしなくゆるんでいた顔が、ふいに目をむいて硬直した。ババリアの夢がエーテルのように弾け、柔和だった表情が凍りつき、みるみるうちに、帝国のコンキスタドールの面長の仮面に組み替えられていく。彼の正面では、半円になって並んでいるローター・キンゼの精霊たちの顔が、幸せのネオンをまたたかせている。ワルツのメカニズムは、丸を四角にする離れ業《わざ》をやってのけたのだ。しかしもうこのとき、私はふたたび目をつぶっていた。もう私は照らされたステージに咲くあの花を見ていた。太陽が照りつける、うだるような暑さのジャングルに咲く花を。そしてオスゴリラの絶望の声（断固、ヒトの声ではない）が、あの頃のように、はるか昔のように、ついこの間のことのように、そしていつまでもスウィングし続ける金管楽器のように、ステージを揺るがしていた。

　これはまだ早すぎた伝説だったのだ。チャーリー・バード*1がこんな風にサクソフォンと、音楽と、つまり人生と格闘したのは、もっと後のことだ。これは鉄鋼とトリニトロトルエンのせばまりゆく輪によってはるかなる広大な世界から分断された、ヨーロッパという島の異なる歴史、戦争の霧に覆われた原始時代のバンドなのだ。チャーリー・バードと同じくらい偉大で、同じくらい痛ましいが、忘れ去られたバンド。一面の火の海となった太平洋を漂流する帆船の「天使の聖母マリア」号のように、過ぎ去った前線の跡地を二年、三年、四年とさまよってきた、サーカステントの帆布の下の、名もなきバスサックス奏者。どこにも漂着できず、あてを失い、ばらばらに散り、ついには民族入り乱れた混沌に行きついたローター・キンゼと蠟人形館《ローター・キンゼ・ウント・ザイン・ウンターハルトゥングスパノプティクム》。とても悲しい《ゾー・トラオリヒ》、鐘のようにたまらなく悲しい《ゾー・トラオリヒ・ヴィー・アイネ・グロッケ》、偉大で、世に知られず、説明しようのない痛みをかかえる無名の黒いシュルツ・ケーン。私の夢のエイドリアン・ロリーニ。

　また、肩をつかまれた。さっきのとは別の、冷たい炎をたたえた目に、にらまれているのを感じた。私は振り向いた。ホルスト・ヘアマン・キュールの手が伸びてきて私の口髭を引っぱがした。そういうことか《ゾー・イスト・エス・アルソ》、うせろ《フェアシュヴィンデ》！　キュールの顔は、元の見事にコントロールされた仮面の表情にすっかり配置し直されていた。危険きわまりない、不快な殺し屋の仮面。

私は振り返った。明るいステージからはまだ、奮闘するバスサクソフォンのやかましく、ボリュームある雄たけびが聞こえていた。とっととうせろ《フェアシュヴィンデ》！ ホルスト・ヘアマン・キュールが低く一喝した。私は舞台マネージャー、あのチェコ人の顔をさっとうかがったが、その瞬間、夢から引き戻され、キメラの冷たい汗で身が凍りついた。だが、彼らは信じるまい。コステレッツは信じるまい。私のなかのコステレッツだって信じるまい。これから先だって、自分でさえ信じられず、理解できることはないだろう。この才能の七つの錠で永遠に閉じ込められた、この、音楽がもたらす決して手に入れられないメッセージを。これは永遠に、話したい、理解したい、あの集団とともに最後までたどりつきたいという願望で終わるのだ。何の最後か？ 世界？ 天？ 人生？ おそらく真実のだ。

暗闇に閉ざされた鉄の階段を私は逃げだした。そして、真鍮の番号がついたしんとしたドアが並ぶホテルの廊下、ベージュ色とクリーム色の廊下にある12a号室のドアを目指した。遠くでバスサクソフォンの叫び声が崩れ落ちて嗚咽をもらした。私は部屋のドアを開けて、明かりをつけた。椅子に私の上着がかかっていて、テーブルの上にはテナーサックスのパート譜があった。急いで上着をはおった。ふと気がつくと、浴室のドアがわずかに開き、光が漏れている。私がつけたのではない。三

＊1 チャーリー・パーカー。一九二〇～一九五五。アメリカのアルトサックス奏者。

歩で十分だった。ちらりと中をのぞくと、白い、おそらくアラバスターのバスタブに、静かに、ゆるりともせず、静謐《せいひつ》に、ルサルカ[*1]の血で染まった湖のように、薄紅色の水がしんと張っていた。そして壁の白いタイル、白いバスルームマットに、血痕が広がっていた。

　私は見つめた。これが答えなのだ。シンボルで覆いかくされ、実際には半分しか答えになっていないにせよ、これ以上の答えが得られることはあるまい。この絶望的な人生の血の海に、完全な答えなどない。ただ血の痕、ひたすらに哀しい、もがきあがくバスサクソフォンの雄たけび、私たちの孤独の殻に固く閉じ込められた、死ぬほどの痛みがあるだけなのだ。ただ少なくともあの男は叫ぶことができた。ヨーロッパのとある暗いホールを揺るがすことができた。ほかの者たちはなすすべもなく、ただ魂の落とし戸、世界の落とし戸から、名もなき奈落の底に消えていくのだ。あの声すら、あの声すらあげずに。

　町ホテルを後にしたとき、人間界の規則などとは無縁の星空のもと、ホテルの後部、劇場がある辺りから、ほんのかすかにだがローター・キンゼの嘆きの音楽が聞こえてきた。そしてその単調なメゾフォルテに囲まれて、同じように嘆きあげる、同じように無感情なアルトサクソフォン。

　私は、灯火管制下の町の暗い道を帰路についた。その後、誰にもこのことを気付かれることはなかったが（舞台マネージャに感付かれたのは間違いないが）、しかしあれは夢などではない。幻でもキメラでも、そんなたぐいのものではない。翌日には灰色のバスは町から跡形もなく消え、あのことを証言するなり否定するなりしてくれるであろう、コステレッツのドイツ人社会《ドイッチュゲマインデ》の誰とも口をきくこともなかったが（クライネンヘア氏以外は。彼には尋ねてみたが、ローター・キンゼのコンサートには来ていなかった。できるだけ、ドイツ人社会の催しには足を向けないようにしているのだ）。

けれども夢ではなかった。なぜなら、私のなかには今でもあの青春の絶望的な叫び、バスサクソフォンの挑発が存在しているのだから。日々のせわしさ、暮らしのせわしさにかまけて私はそれを忘れてしまい、ただ機械的に繰り返すようになってしまった。愛している、愛している、と。歳月と、世間の冷淡な無関心さが、私にこの性質を植え付け、私の面の皮を厚くしてしまったからだ。しかし、いつどこでなのかは神のみぞ知るが、詳しい真実の瞬間の思い出《メメント》は存在する。だからこそ私は、悲しみのミュージシャン、ローター・キンゼのオーケストラと、大嵐の黒雲に包まれたヨーロッパの辺境を縫う悲しみの道を永遠にさすらうのだ。そして暗いバスサクソフォン奏者、エイドリアン・ロリーニが繰り返し繰り返し、夢、真実、不可解さ、そう、バスサクソフォンの思い出《メメント》を、私に思い出させてくれるのだ。

プラハ、一九六五年七月

＊1　スラヴ神話の水の精。水中に棲み、男が通りかかると、歌や踊りで魅了して男を水中に引きずりこもうとする。

訳者あとがき

「ヨゼフ・シュクヴォレツキーは、私の意見では、現存の作家のうちで最も優れた作家の一人だ。彼の二編の中編『バスサクソフォン』と『エメケの伝説』を、私はジェイムズ・ジョイスの『死者たち』やヘンリー・ジェイムズの最良の中短編と同じくらい高く評価している。」

グレアム・グリーン

本書は、現代チェコの作家ヨゼフ・シュクヴォレツキー（Josef Škvorecký）（一九二四〜）の『二つの伝説』（*Dvě legendy*, Toronto: Sixty-Eight Publishers, 1982）の全訳である。この本は、シュクヴォレツキーの好きなジャズにまつわる初期の二つの中編小説と一つのエッセイを集めたものである。

シュクヴォレツキーは、ミラン・クンデラ（一九二九〜）、ボフミル・フラバル（一九一四〜九七）と共に、二十世紀後半のチェコ文学を代表する作家の一人である。一九六八年に「人間の顔をした社会主義」をスローガンに掲げた改革運動「プラハの春」が、ソ連を中心とするワルシャワ条約機構の軍事介入によって潰されてソ連の傀儡政権が樹立された事件の後、この三人は非常に対照的な運命を辿った。フラバルは「プラハの春」の事件の後もチェコにとどまって、検閲や禁書といった不自由な中で創作を続けた。他方、クンデラはフランスに亡命して、後には創作言語もフランス語に移行し、チェコの社会的・文化的環境から遠ざかってしまった。それに対して、シュクヴォレツキーはカナダに亡命したが、チェコ語で書き続け、チェコ本国で出版できないチェコ語の本を出す亡命出版社さえ作った。彼は、やはり作家である夫人のズデナ・サリヴァロヴァーと共に、亡命先のトロントに「68年出版（Sixty-Eight Publishers）」という出版社を設立し、そこで数百冊のチェコ語の書籍を刊行したのである。その中には、シュクヴォレツキー自身の作品のほか、フラバルやクンデラの代表作も含まれている。一九八九年に東欧諸国の共産党政権が将棋倒しのように次々と倒れていった一連の「東欧革命」の一つとして、チェコスロヴァキアでは「ビロード革命」（一滴の血も流さなかったソフトな革命という意味）が起きたが、この後もクンデラが母国にほとんど「里帰り」しなかったのに対して、シュクヴォレツキーはカナダに住み続けたものの、チェコにしばしば「里帰り」をして、プラハの「ヨゼフ・シュクヴォレツキー大学」という私立の作家養成大学（http://www.literarniakademie.cz/）の創設にも関わった。

シュクヴォレツキーは、一九二四年、チェコの東ボヘミア地方の町ナーホトの銀行員の家に生まれた。プラハのカレル大学医学部に入学したが、後に哲学部（文学部）に転部し、そこを卒業後、教師や編集者などを経て専業作家となった。先にも述べたように、一九六八年の「プラハの春」の事件の後にカナダに亡命して、トロント大学で教鞭を執るかたわら創作を続け、「68年出版」でチェコ語の本の出版にも従事した。

シュクヴォレツキーは、純文学、ミステリー、エッセイなど幅広いジャンルで健筆をふるい、その作品は多くの言語に翻訳されており、ノイシュタット国際文学賞、トロント芸術賞、チェコ国家文学賞、アーター・エリス最良犯罪小説賞ほか、多くの賞を受賞している。代表作には、『意気地なし』（一九五八）、『七本腕の燭台』（一九六四）、『バビロンの話とその他の物語』（一九六七）、『若獅子』（一九六九）、『戦車の旗』（一九六九）、『奇跡』（一九七二）、『人間の魂の技師の物語』（一九七七）、『スケルツォ・カプリチオーソ――ドヴォルザークをめぐる楽しい夢』（一九八四）などがある。

シュクヴォレツキーは、その作品のジャンルと文体の多様性や、絶対的真実の認知不可能性と個々人の主体的真実の経験というテーマなどにおいて、カレル・チャペックに繋がる作家であると言われる。また、彼の作品の特徴としては――最初期の作品である「エメケの伝説」にはまだそれほど表れていないが――悲劇と喜劇の混合が挙げられるだろう。これについては、シュクヴォレツキー自身が、「どのように私はドイツ語と英語を学んだか」という短編の中で、次のように述べている。「批評家たちは、私のチェコの同僚の作家たちの著作の中にも、私自身の本の中にも見いだされる、悲劇と喜劇の混合に、しばしば当惑する。私たちは、何か特殊な効果を狙ってわざとそうしているわけではない。私たちが若かった頃の中欧では、ただただ、人生がそういう姿をしていただけなのだ。私たちにはどうしようもない」（石川達夫訳、傍点引用者）。これは、シュクヴォレツキーだけでなく、二十世紀後半のチェコ文学の特徴を表す、興味深い言葉だと思われる。

本書の最初に掲げられた「レッド・ミュージック」（一九七七）は、このシュクヴォレツキーの言葉に繋がるようなエッセイと言えよう。

シュクヴォレツキーの最初期の中編である「エメケの伝説」（一九五八）は、「小さな残酷さと偽りと欺瞞と偽装と嘘から成る」「大きなゲーム」の中にいる主人公の前に、束の間の真実のきらめきを放って消えていった女性との愛の物語である。三十歳のチェコ人編集者が保養所で出会ったエメケは、まるで宗教カレンダーに出てくるような女性の転落の経験、売春婦が客にするという打ち明け話のような過去を持つ、二十八歳の美しいハンガリー人女性だった。彼女はそんな不幸な運命の翻弄を経て、若くして神秘的な信仰に至った真摯な未亡人であり、編集者は彼女への愛の芽生えを通して生の真実に触れかけるが、肉欲に生きて自分を疑うことのない粗野な中年教師の心ない嘘によって、愛は蕾のうちに摘まれてしまう。そして、真実の輝きは次第に薄れ、単なる記憶と化し、伝説と化し、やがて無と化す……。この作品は、社会主義チェコスロヴァキアの一地方にひっそりと生きる一人の女性の人知れぬ数奇な運命を、普遍性を持つ一つの女性像へと形象化し、いわば荒野の現代における愛の可能性と困難さを問うている作品であると同時に、シュクヴォレツキーの詩的、哲学的特徴をよく示す作品と言えよう。

「エメケの伝説」に繋がる「バスサクソフォン」（一九六五）は、ナチス占領下のチェコの町コステレツにやって来たジャズ・オーケストラで、偶然に素晴らしいバスサクソフォンを演奏することになった十八歳の少年が、不条理な現実の中で経験した一夜の心の高揚を、自由な連想を用いて描いた作品である。生の意義や真実は常に個人的、相対的、流動的なものとしてしか感得しえないというシュクヴォレツキーの基本的信条を背景にした作品と言えよう。

なお、日本語に訳されたシュクヴォレツキーの作品には、次のものがある。

「いばり屋の父とわたし」栗栖継訳、『文藝』河出書房新社、一九七八年八月号。
「カッツ先生」中村猛訳、高橋勝之ほか編『世界短編名作選――東欧編』新日本出版社、一九七九年。

『ノックス師に捧げる一〇の犯罪』宮脇孝雄・宮脇裕子訳、ミステリアス・プレス、一九九一年。

「解決不能な遺伝学上の問題」柴田元幸訳、『SUDDEN FICTION2 超短編小説・世界篇』文春文庫、一九九四年。

「どのように私はドイツ語と英語を学んだか」石川達夫訳、小原雅俊編『文学の贈物――東中欧文学アンソロジー』未知谷、二〇〇〇年。

「チェコ社会の生活から」村上健太訳、飯島周・小原雅俊編『ポケットのなかの東欧文学』成文社、二〇〇六年。

「奇妙な考古学」石川達夫訳、若島正編『エソルド座の怪人』（異色作家短篇集二〇）早川書房、二〇〇七年。

シュクヴォレツキーのホームページ
http://www.skvorecky.com/josef_bibliography.htm

石川　達夫

原文をなるべく忠実に日本語に移す過程で、いわゆる差別語をやむをえず使用した部分があります。小説テキストとしての原文への忠実性に配慮した結果で、差別を助長する意図はありません。ご理解をお願い申し上げます。

「バスサクソフォン」中のケストナーの詩の引用は、小松太郎氏の翻訳（『人生処方詩集』、筑摩書房）を使わせていただきました。

（編集部）

【訳者紹介】

石川　達夫（いしかわ・たつお）

1956年東京生まれ。東京大学文学部卒業。プラハ・カレル大学留学の後、東京大学大学院人文科学研究科博士課程単位取得退学。博士（文学）。

現在、神戸大学大学院国際文化学研究科教授。スラヴ文化論専攻。

著書に、『チェコ民族再生運動——多様性の擁護、あるいは小民族の存在論』（岩波書店）、『マサリクとチェコの精神』（成文社、サントリー学芸賞および木村彰一賞）、『黄金のプラハ』（平凡社）、『プラハ歴史散策』（講談社）、『チェコ語初級』『チェコ語中級』（大学書林）など。

訳書に、フラバル『あまりにも騒がしい孤独』（松籟社）、パトチカ『歴史哲学についての異端的論考』（みすず書房）、チャペック『マサリクとの対話』『受難像』『苦悩に満ちた物語』『外典』（以上、成文社）、『チャペックの犬と猫のお話』（河出文庫）、マサリク『ロシアとヨーロッパ』全3巻（Ⅱ・Ⅲは共訳、成文社）など。

WEBSITE ＝ http://web.cla.kobe-u.ac.jp/staff/ti/index

平野　清美（ひらの・きよみ）

1967年神奈川県生まれ。早稲田大学、プラハ・カレル大学卒業。

著書に、『チェコとスロヴァキアを知るための56章』（共著、明石書店）。

訳書に、プレスブルゲル『プラハ日記——アウシュヴィッツに消えたペトル少年の記録』（共訳、平凡社）など。

〈東欧の想像力〉6

二《ふた》つの伝説《でんせつ》

2010年11月10日　初版発行　　定価はカバーに表示しています

著　者　ヨゼフ・シュクヴォレツキー
訳　者　石川　達夫　／　平野　清美
発行者　相坂　一

発行所　松籟社（しょうらいしゃ）
〒612-0801　京都市伏見区深草正覚町1-34
電話　075-531-2878　振替　01040-3-13030
url　http://shoraisha.com/

印刷・製本　モリモト印刷（株）
装丁　西田　優子

ISBN978-4-87984-288-6　C0397